HISTÓRIAS ASSUSTADORAS

PARA CONTAR
NO ESCURO

HISTÓRIAS ASSUSTADORAS

PARA CONTAR NO ESCURO

Baseadas na cultura popular
e recontadas por
ALVIN SCHWARTZ

Ilustrações de
BRETT HELQUIST

Tradução de
CRISTIANE PACANOWSKI

2ª edição

JOSÉ OLYMPIO

Rio de Janeiro | 2019

CIP-BRASIL. CATALOGAÇÃO NA PUBLICAÇÃO
SINDICATO NACIONAL DOS EDITORES DE LIVROS, RJ

S427h
2. ed.

Schwartz, Alvin
   Histórias assustadoras para contar no escuro / baseadas na cultura popular
e recontadas por Alvin Schwartz; ilustrações de Brett Helquist; tradução
de Cristiane Pacanowski. – 2. ed. – Rio de Janeiro: José Olympio, 2019.

Tradução de: Scary stories to tell in the dark
ISBN 978-85-03-01370-3

1. Ficção americana. I. Helquist, Brett. II. Pacanowski, Cristiane. III. Título.

19-58214
                          CDD: 813
                          CDU: 82-3(73)

Vanessa Mafra Xavier Salgado - Bibliotecária - CRB-7/6644

"A coisa" é adaptação da história sem título em *Bluenose Ghosts* de Helen Creighton com
permissão de McGraw-Hill Ryerson Ltd., Toronto. Copyright © The Ryerson Press,1957.
"A casa mal-assombrada" é adaptação da história de mesmo título em *American Folk Tales and
Songs* por Richard Chase. Com permissão de Dover Publications.
"Os ossos de Aaron Kelly" é adaptação de Daid Aaron II em *Doctor to the Dead* por John
Bennett. Com permissão de Russel & Volkening Inc., como agentes do autor. Copyright ©
Sr. Bennett, 1943, 1971.
"Estou amarrada, corajoso andarilho!" é adaptação do conto The Rash Dog and the Bloody
Head, que apareceu em *Hoosier Folklore Bulletin*, vol. 1, 1942. Usado com a permissão de Dr.
Herbert Halpert, recolhedor do conto.
"Jacarés" é adaptação de "Alligator Story" em *Sticks in the Knapsack and Other Ozark Folk
Tales* por Vance Randolph. Com permissão da Columbia University Press. Copyright ©
Columbia University Press,1958.
"O lobo branco" é adaptação da história de mesmo título *em The Telltale Lilac Bush and
Other West Virginia Ghost Tales* por Ruth Ann Musick. Com permissão da University of
Kentucky Press. Copyright © University of Kentucky Press, 1965.
"Um novo cavalo" é adaptação do conto "Bridling the Witch" em *Up Cutshin and Down
Greasy: The Couches' Tales and Songs* (reimpresso como *Sang Branch Settlers: Folksongs and
Tales of an Eastern Kentucky Family*) por Leonard W. Roberts.
As partituras das páginas 30 e 49 foram transcritas e ilustradas por Melvin Wildberg.

Título original em inglês: Scary stories to tell in the dark

Texto revisado segundo o novo Acordo Ortográfico da Língua Portuguesa.

Reservam-se os direitos desta tradução à
EDITORA JOSÉ OLYMPIO LTDA.
Rua Argentina, 171 – 3º andar – São Cristóvão – 20921-380 – Rio de Janeiro, RJ
Tel.: (21) 2585-2000

Impresso no Brasil

ISBN 978-85-03-01370-3

Seja um leitor preferencial Record.
Cadastre-se em www.record.com.br e receba informações
sobre nossos lançamentos e nossas promoções.

Atendimento e venda direta ao leitor:
sac@record.com.br

EDITORA AFILIADA

Para Dinah
– A.S.

SUMÁRIO

COISAS ESTRANHAS E ASSUSTADORAS

COISAS ESTRANHAS E ASSUSTADORAS

Antigamente, os pioneiros na colonização dos Estados Unidos costumavam se divertir contando histórias assustadoras. À noite, eles se reuniam em alguma das cabanas, ou ao redor de uma fogueira, para ver quem era capaz de assustar mais os outros.

Alguns garotos e garotas da minha cidade continuam fazendo isso até hoje. Eles se reúnem na casa de alguém, comem pipoca, apagam as luzes e contam histórias de arrepiar.

Contar histórias assustadoras é algo que as pessoas vêm fazendo há milhares de anos, porque a maioria de nós *gosta* de sentir esse tipo de medo. Como as emoções são fruto da imaginação, e ninguém corre perigo de verdade, achamos que é divertido.

Existem muitas histórias arrepiantes para contar. Há histórias de fantasmas, bruxas, demônios, bicho--papão, zumbis e vampiros. Existem contos sobre criaturas monstruosas e outras situações perigosas. Há até histórias que nos fazem rir de tanto susto que provocam na gente.

Algumas dessas histórias são muito antigas e contadas e recontadas no mundo inteiro. A maior parte delas tem as mesmas origens e se baseia em episódios que as pessoas presenciaram, em coisas que ouviram ou em experiências que viveram – ou, pelo menos, acharam que viveram.

Muitos anos atrás, um jovem príncipe se tornou conhecido por uma história assustadora que começou a contar, porém não terminou. Seu nome era Mamílio e ele devia ter uns 9 ou 10 anos. William Shakespeare falou sobre ele em *O conto do inverno*.

Em um dia escuro de inverno, a mãe dele, a rainha, pediu que ele lhe contasse uma história.

– Uma história triste é mais adequada ao inverno – disse ele. – Conheço uma de espíritos e duendes.

– Então que me causem medo seus espíritos – comentou a mãe. – Você é bom em contar histórias.

– Irei contá-la bem baixinho – falou o rapaz –, pois aqueles grilos poderiam me ouvir.

E assim ele começou:

– Era uma vez um homem que morava perto do cemitério...

Mas o jovem príncipe não pôde continuar, pois nesse exato momento o rei chegou e levou a rainha consigo. E pouco depois disso Mamílio morreu. Ninguém sabe como ele teria terminado essa história. Se você começasse como ele, o que contaria depois?

A maioria das histórias de arrepiar existe, é claro, para ser contada. É assim que elas se tornam ainda mais assustadoras. Mas a *maneira* como você as conta faz toda a diferença.

Como bem sabia Mamílio, a melhor maneira é falando bem baixinho, de modo que os ouvintes se inclinem em sua direção para ouvir melhor, e bem devagar, para que sua voz soe assustadora.

Sem dúvida, a melhor hora para contar essas histórias é à noite. Em meio à escuridão e às sombras, é mais fácil para quem está ouvindo imaginar as criaturas estranhas e arrepiantes.

Princeton, Nova Jersey
ALVIN SCHWARTZ

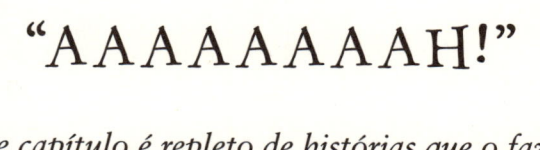

"AAAAAAAAH!"

Este capítulo é repleto de histórias que o fazem pular da cadeira. E você pode contá-las a seus amigos e fazê-los dar PULOS de tanto susto.

O DEDÃO DO PÉ

Um garoto estava cavando em um dos cantos do jardim quando avistou um dedão. Ele tentou pegá-lo, mas estava preso a alguma coisa. Então o puxou com força e o dedo acabou se soltando. Em seguida, o menino ouviu um gemido de dor e viu alguém se afastar dele.

O garoto levou o dedão para a cozinha e o mostrou a sua mãe.

– Hmmm, parece bom e carnudo – comentou ela. – Vou colocá-lo na sopa que tomaremos no jantar.

Naquela noite, o pai cortou o dedão em três pedaços, e cada membro da família comeu um bocado. Depois do jantar, lavaram a louça e, quando escureceu, a família foi se deitar.

O garoto adormeceu quase instantaneamente. No meio da noite, porém, um barulho o acordou. O som vinha da rua. Uma voz o chamava.

– Onde está o meu dedãããããão? – perguntou a voz, em um lamento cheio de dor.

Ao ouvir o gemido choroso, o garoto ficou muito assustado. Mas pensou: "Ele não sabe onde estou e nunca vai me encontrar."

Então ouviu aquela voz novamente. Dessa vez, ela estava mais perto.

— Onde está o meu dedããããão? — indagou a voz.

O menino escondeu-se embaixo das cobertas e fechou os olhos. "Vou voltar a dormir", pensou ele. "E quando acordar ele terá desaparecido."

Mas não demorou para ele ouvir a porta dos fundos se abrindo e a voz outra vez perguntando:

— Onde está o meu dedããããão?

Em seguida ouviu passos pela cozinha, atravessando a sala de jantar, a sala de estar e o hall de entrada. E então ouviu os passos subindo as escadas.

Eles ficavam cada vez mais próximos e logo chegaram ao segundo andar. Agora, o menino os ouviu do lado de fora de seu quarto.

— Onde está o meu dedããããão? — indagou a voz com seu gemido característico.

A porta de seu quarto se abriu. Tremendo de medo, ele escutou os passos se aproximarem lentamente em sua direção, atravessando a escuridão até chegar bem perto de sua cama. E então pararam.

— Onde está o meu dedããããão? — perguntou a voz.

(Neste momento, faça uma pausa. Então pule na direção da pessoa mais próxima de você e grite:)

— ESTÁ COM VOCÊ!

HÁ OUTRA VERSÃO com um final diferente.

Quando o garoto ouve a voz perguntar por seu dedão, ele encontra uma criatura muito esquisita dentro da chaminé. O menino fica tão apavorado que não consegue se mexer. Só fica lá em pé, imóvel, olhando aquela coisa.

Por fim, ele pergunta:

– Pra... pra... pra que você tem olhos tããão grandes?

A criatura responde:

– Pra olhar dentro de vocêêêêêêê!

– Pra... pra... pra que você tem garras tããão grandes?

– Pra arranhar o seu túúúmulo!

– Pra... pra... pra que você tem uma boca tããão grande?

– Pra engolir você tooodo!

– E pra... pra... pra que você tem dentes tããão afiados?

– PRA MASTIGAR OS SEUS OSSOS!

(Ao dizer a última frase, agarre o braço de um de seus amigos.)

A CAMINHADA

Certo dia meu tio estava caminhando por uma rua suja e abandonada, quando viu outro homem que vinha andando pela mesma rua. Eles se entreolharam, um com medo do outro.

Mas continuaram caminhando, enquanto começava a anoitecer. O homem olhou para meu tio, que retribuiu o olhar do sujeito. Um estava com ainda *mais* medo do outro.

Porém, seguiram em frente até que chegaram a um grande bosque. Estava ficando mais escuro. Os dois se entreolharam novamente, o pavor era *evidente* no olhar dos dois.

No entanto, prosseguiram a caminhada e adentraram as profundezas do bosque. A escuridão da noite ficava cada vez mais intensa. O homem lançou um olhar *aterrorizado* para meu tio, que olhou amedrontado para...

(Agora DÊ UM GRITO!)

"POR QUE VOCÊ ESTÁ AQUI?"

Era uma vez uma velha senhora que vivia sozinha e era muito, muito solitária. Sentada à mesa da cozinha certa noite, ela disse a si mesma:

– Ah, como eu queria ter companhia...

Foi só ela terminar de falar que apareceram descendo pela chaminé dois pés dos quais a carne já havia apodrecido. Os olhos da velha se esbugalharam de tão aterrorizada que ela ficou.

Em seguida duas pernas desceram pela lareira e se juntaram aos pés.

Então um corpo caiu, e, logo após, caíram os braços e a cabeça de um homem.

A mulher observava enquanto as partes se uniam, formando um ser enorme e desengonçado. O sujeito saiu dançando pelo recinto, cada vez mais rápido. Então parou e fitou os olhos dela.

– Por que você está aqui? – perguntou ela, baixinho. O pavor que tomava conta da mulher era evidente pelo estremecer de sua voz.

– Por que estou aqui? – repetiu ele. – Eu estou aqui... para pegar VOCÊ!

(Ao pronunciar as últimas palavras, bata o pé no chão com força e pule na direção de um ouvinte próximo de você.)

ESTOU AMARRADA, CORAJOSO ANDARILHO!

Era uma vez uma casa onde uma cabeça ensanguentada caía pela chaminé todas as noites. Pelo menos é o que as pessoas contavam. E por isso ninguém passava a noite lá.

Então um homem rico ofereceu duzentos dólares a quem se atrevesse a ficar uma noite inteira na casa.

Um garoto disse que tentaria, se fosse permitido levar seu cachorro para passar o tempo com ele. E o homem permitiu.

Na noite seguinte, o garoto foi para a casa levando o cachorro. Para deixar o ambiente mais agradável, ele acendeu a lareira, então sentou-se diante dela e esperou. O cachorro ficou a seu lado e lhe fez companhia.

Nada aconteceu por um tempo. Mas pouco depois da meia-noite o menino ouviu uma voz vindo do bosque lá fora. Alguém cantava baixinho e em um tom triste. A canção dizia algo como:

– ESTOU AMARRADA, CORAJOSO ANDARILHO!

"É apenas alguém cantando lá fora", disse o garoto a si mesmo, embora estivesse assustado.

Então seu cachorro respondeu à canção! Com tristeza e bem baixinho, o animal cantou:

– LYNCHEE KINCHY COLLY MOLLY DINGO DINGO!

O garoto mal pôde acreditar no que ouvira. O cachorro nunca tinha pronunciado uma única palavra. Então, alguns minutos depois, ele ouviu a voz cantar novamente. Ela agora parecia mais perto e mais alta, mas cantava o mesmo verso:

– ESTOU AMARRADA, CORAJOSO ANDARILHO!

Dessa vez o garoto tentou impedir que seu cachorro também cantasse. Ele tinha medo de quem quer que estivesse cantando pudesse ouvi-lo e vir atrás deles.

O cão, porém, o ignorou e cantou novamente:

– LYNCHEE KINCHY COLLY MOLLY DINGO DINGO!

Meia hora depois o garoto ouviu a voz entoar a canção outra vez. A voz agora vinha do quintal, mas ainda era a mesma:

– ESTOU AMARRADA, CORAJOSO ANDARILHO!

O garoto mais uma vez tentou que o cão ficasse em silêncio. Mas o animal cantou ainda mais alto:

– LYNCHEE KINCHY COLLY MOLLY DINGO DINGO!

Não demorou para o garoto ouvir a canção novamente. Mas ela agora vinha de dentro da chaminé:

– ESTOU AMARRADA, CORAJOSO ANDARILHO!

E o cachorro cantou:

– LYNCHEE KINCHY COLLY MOLLY DINGO DINGO!

De repente, uma cabeça ensanguentada caiu da chaminé. Ela saiu rolando pela lareira e foi parar bem ao lado do cachorro. O cão olhou para a cabeça e caiu estatelado, morto de susto.

A cabeça então se virou e fitou o garoto. Bem devagar, ela abriu a boca e...

(Vire-se para um de seus amigos e grite:)

– AAAAAAHHH!

UM HOMEM QUE MORAVA EM CORRENTES

Alguns dizem que este poema rimado não tem nenhum significado. Outros, no entanto, não têm tanta certeza assim.

Era uma vez um homem que morava em Correntes,
E em seu jardim ele plantava muitas sementes.
E quando as sementes começavam a brotar,
Era como se sobre o jardim tivesse acabado de nevar.
Mas quando a neve começava a diluir,
Era como se um navio estivesse prestes a partir.
E quando o navio começava a empreender viagem,
Era como se um pássaro cantasse alegrando a paisagem.
E quando o belo pássaro findava o canto para então voar,
Era como se uma águia os limites do céu fosse ultrapassar.

E quando os trovões no céu começavam a rugir,
Era como se a presa de um leão tentasse fugir.
(Neste momento, abaixe a voz.)
E quando sua presa o leão começava a devorar,
Era como se uma faca o meu peito fosse atravessar.
E quando meu peito começava a sangrar...
(Agora apague todas as luzes.)
Eu me vi morto querendo ressuscitar!
(Pule na direção de seus amigos e grite:)
– AAAAAAH!

UMA VELHA SÓ PELE E OSSO

Era uma vez uma velha só pele e osso
Que vivia em um cemitério, dentro de um fosso.
O-o-o-o-o-o!
Certo dia ela pensou em ir à igreja rezar,
Ouvir o sermão do padre e seus pecados tentar expiar.
O-o-o-o-o-o!
Ela subiu os degraus e quando chegou ao final da
grande escada,
Achou melhor parar um pouco, estava cansada.
O-o-o-o-o-o!

Quando ela chegou até o portão,
Achou melhor aguardar a saída da multidão.
Mas quando ela se virou e olhou à sua volta,
Viu um cadáver com a língua solta.
O-o-o-o-o-o!
Saindo do nariz e percorrendo todo o corpo,
Larvas e vermes pegajosos rastejavam sobre o morto.
O-o-o-o-o-o!
Ao padre perguntou a velha mulher:
"Isso vai acontecer comigo quando a morte vier?"
O-o-o-o-o-o!
À velha, o religioso respondeu, com espanto:
"Sim, vai, quando ela lhe estender seu manto!"
(Agora solte um grito:)
– AAAAAAAH!

Era uma vez uma velha só pele e osso Que
vivia em um cemitério, dentro de um fosso. O-o-o-o-o-o!

ELE OUVIU PASSOS SUBINDO AS ESCADAS DO PORÃO...

Neste capítulo você vai se deparar com fantasmas.
Um deles volta à vida como uma pessoa de carne e osso.
Outro se vinga de seu assassino.
E outras coisas muito estranhas e misteriosas acontecem.

A COISA

Ted Martin e Sam Miller eram bons amigos e passavam muito tempo juntos. Certa noite, os dois estavam sentados em um muro, perto da agência dos correios, jogando conversa fora.

Do outro lado da rua havia uma plantação de nabos. De repente, eles viram algo sair rastejando do meio da plantação e se pôr de pé. Aparentava ser um homem, mas, como estava escuro, eles não podiam ter certeza. E no instante seguinte a coisa desapareceu.

Mas não demorou muito até surgir novamente. Começou a atravessar a rua e já estava na metade do caminho quando se virou e voltou para a plantação.

Então saiu de lá pela terceira vez e veio na direção dos dois amigos, que já estavam assustados e começaram a correr. Mas, quando finalmente pararam, perceberam como estavam sendo ridículos. Eles nem ao certo sabiam o que os havia assustado. Por isso decidiram voltar ao local onde estavam e olhar de novo.

Ted e Sam logo avistaram a coisa, que vinha na direção deles. A criatura usava uma calça comprida preta, uma blusa branca e suspensórios pretos.

– Vou tentar tocar essa coisa. Assim saberemos se é de verdade ou não – falou Sam.

Ele se aproximou da coisa e examinou seu rosto. Os olhos da criatura eram fundos na cavidade ocular, embora vivos e penetrantes. Parecia um esqueleto.

Ted deu uma olhada e gritou, e em seguida ele e Sam voltaram a correr, mas dessa vez o esqueleto os seguiu. Quando chegaram à casa de Ted, pararam na entrada e ficaram observando aquela coisa esquisita. O esqueleto permaneceu um tempo parado no meio da rua. E depois desapareceu.

Um ano depois, Ted ficou muito doente e acabou morrendo. Sam lhe fez companhia até o fim, visitando o amigo todos os dias. Na noite em que Ted morreu, Sam disse que ele estava muito parecido com aquela estranha criatura que os dois haviam visto no ano anterior.

FRIO COMO O BARRO

Era uma vez um fazendeiro que tinha uma filha, a pessoa que ele mais amava no mundo. A moça acabou se apaixonando por um dos agricultores da fazenda chamado Jim, mas seu pai não achou que ele fosse bom o bastante para a filha. Para mantê-los longe um do outro, o fazendeiro mandou-a para morar com o tio do outro lado do condado.

Logo depois que a moça foi embora, Jim caiu doente, definhou e acabou morrendo. Todos dizem que o rapaz morreu por causa do coração partido. O fazendeiro se sentiu tão culpado pela morte de Jim que não conseguiu contar à filha o que acontecera. Ela continuou pensando no rapaz e em como seria se os dois vivessem juntos.

Certa noite, muitas semanas depois, ouviram-se batidas na porta da casa do tio da moça. Quando ela abriu a porta, Jim estava lá de pé.

– Seu pai mandou que eu viesse buscá-la – disse ele. – Eu vim montado no melhor cavalo da fazenda.

– Aconteceu alguma coisa? – perguntou ela.

– Eu não sei – respondeu Jim.

A moça arrumou alguns de seus pertences e os dois partiram. Ela foi montada atrás dele, agarrando-se em sua cintura. Jim comentou que estava sentindo dor de cabeça.

– É uma dor horrível – disse ele.

A moça pousou a mão sobre sua testa.

– Por que você está tão frio como o barro? – perguntou ela. – Espero que não esteja ficando doente. – E envolveu a cabeça dele com seu lenço.

Eles cavalgaram tão velozmente que chegaram à fazenda em poucas horas. A moça desceu depressa do cavalo e bateu na porta. Seu pai assustou-se ao vê-la ali.

– Você não mandou que fossem me buscar? – perguntou ela.

– Não, não mandei ninguém ir buscá-la – respondeu ele.

Ela então virou-se para Jim, mas ele havia sumido, assim como o cavalo. Ela e o pai foram procurá-los no estábulo. O cavalo estava lá, todo suado e tremendo de medo. Mas não havia nenhum sinal de Jim.

Aterrorizado, o pai contou a ela toda a verdade sobre a morte de Jim. E logo depois foi conversar com os pais do rapaz. Eles decidiram abrir a sepultura do filho. Viram que o cadáver estava dentro do caixão, mas em volta da cabeça eles encontraram o lenço da filha do fazendeiro.

O LOBO BRANCO

Os lobos cinzentos que viviam perto de French Creek estavam fora de controle. Havia lobos demais, e os fazendeiros da região não conseguiam impedi--los de abater o gado e o rebanho de ovelhas. Por isso o governo estadual ofereceu uma recompensa: pagaria dez dólares por cada pele de lobo que os caçadores trouxessem.

Bill Williams, um açougueiro da cidade, achou que aquele seria um dinheiro muito bem-vindo e resolveu largar o ofício para começar a caçar lobos. E fazia isso muito bem. A cada ano, ele matava mais de quinhentos animais, o que lhe rendia acima de cinco mil dólares. Naquela época, era uma quantia considerável.

Depois de uns quatro ou cinco anos, Bill tinha abatido tantos lobos que não sobrara quase nenhum naquela região. Então ele se aposentou e jurou nunca mais fazer mal a nenhum lobo, pois tinha sido graças a esses animais que ele se tornara rico.

Até que um dia um fazendeiro informou que um lobo branco havia abatido duas de suas ovelhas. O homem atirara no animal e o acertara, mas as balas não tiveram nenhum efeito. Pouco tempo depois esse mesmo lobo foi visto circulando pela zona rural, atacando o gado e fugindo. Mas ninguém conseguia detê-lo.

Certa noite a fera entrou no quintal de Bill e atacou sua vaca de estimação. O homem logo esqueceu sua decisão de nunca mais fazer mal a um lobo. Na manhã seguinte ele foi à cidade e comprou um cordeiro para servir de isca. Voltou para o campo, levou o filhote às colinas e o amarrou a uma árvore. Bill então se afastou cerca de cinquenta metros e sentou-se sob uma árvore. E, com a arma no colo, esperou.

Como Bill demorou a voltar, seus amigos saíram à sua procura. Finalmente encontraram o cordeiro, ainda amarrado à árvore. Estava faminto, mas continuava vivo. Logo depois acharam Bill. Ele ainda se encontrava sentado sob a árvore, mas estava morto. Sua garganta havia sido dilacerada.

No entanto, não havia nenhum sinal de luta. E a arma nem sequer havia sido disparada. Tampouco havia pegadas no solo em volta do homem. Quanto ao lobo branco, ele nunca mais foi visto.

A CASA
MAL-ASSOMBRADA

Certa vez um padre foi a uma casa de um paroquiano tentar levar paz a um fantasma que assombrava a residência havia cerca de dez anos. Muitas pessoas já tinham tentado passar a noite lá, mas o espectro sempre as assustava e todas iam embora.

O padre pegou sua Bíblia e foi até a casa. Lá chegando, ele entrou, colocou lenha na lareira e acendeu uma lamparina. Sentou-se numa poltrona e ficou lendo o livro sagrado. Pouco antes da meia-noite, ouviu um ruído vindo do porão, como se houvesse alguém andando pra lá e pra cá. Em seguida ouviu o som de alguém que parecia ter sido sufocado ao tentar gritar. Então escutou um barulho de briga, como se alguém estivesse apanhando. Depois ficou tudo em silêncio.

O velho padre pegou sua Bíblia novamente, mas, antes que pudesse começar a ler, ouviu passos subindo a escada. Permaneceu sentado observando a porta do porão, e os passos subiam, parecendo estar cada vez mais perto. O padre viu a maçaneta girar e, quando a porta foi aberta, ele deu um pulo e gritou:

– O que você quer?

A porta foi fechada de imediato, sem nenhum barulho. Embora estivesse tremendo, o padre finalmente abriu a Bíblia e a leu por algum tempo. Depois se levantou, deixou o livro aberto sobre a poltrona e foi remexer a lenha na lareira.

Nesse momento ele ouviu o fantasma recomeçar a andar pra lá e pra cá e a subir a escada do porão – um passo após o outro, subindo os degraus. O velho padre sentou-se na poltrona e viu quando a maçaneta girou e a porta novamente foi aberta. O fantasma aparentava ser uma moça. Ele se recostou no assento e disse:

– Quem é você? O que quer?

A assombração pareceu se balançar de um lado pro outro, como se não soubesse o que fazer. E então desapareceu. O padre esperou por um bom tempo e, quando não ouviu mais nenhum barulho, foi até a porta do porão e a fechou. O velho homem suava e tremia muito, mas era corajoso e achou que conseguiria resolver o problema. Voltou para a poltrona, posicionou-a bem de frente para a porta e sentou-se para esperar.

Não demorou muito até ele ouvir novamente os passos do fantasma subindo as escadas devagar – um passo, depois outro, mais um, e outro, cada vez mais perto –, até chegar à porta.

O padre pôs-se de pé e segurou a Bíblia à sua frente. A maçaneta girou lentamente e a porta se escancarou. Dessa vez o velho falou bem baixinho:

– Em nome do Pai, do Filho e do Espírito Santo. Quem é você e o que você quer?

O fantasma atravessou a saleta, foi em direção ao padre e pegou o seu casaco. Era uma jovem mulher, com cerca de 20 anos. Seus cabelos estavam emaranhados e a carne despencava de seu rosto, de modo que ele podia ver os ossos e alguns de seus dentes. Ela não tinha globos oculares, mas uma espécie de luz azul fraca emanava da cavidade de seus olhos. Em seu rosto não havia nariz.

Ela então começou a falar. Sua voz parecia sumir às vezes, como se fosse levada pelo vento que soprava. Ela contou que seu noivo a havia matado para ficar com seu dinheiro e a enterrado no porão. Disse que, se o padre cavasse para retirar seus ossos e enterrá-los de maneira adequada em outro lugar, ela poderia descansar em paz.

A jovem falou que se o padre pegasse a última falange de seu dedo mindinho da mão esquerda e a colocasse no prato de coleta na próxima missa, ele descobriria quem a havia assassinado.

E ela fez uma promessa:

– Se você voltar aqui novamente depois disso, ouvirá a minha voz à meia-noite e eu lhe contarei onde meu dinheiro está escondido. Você poderá pegá-lo e doá-lo à igreja.

Parecendo cansada, a jovem fantasma soluçava e desapareceu. O padre encontrou seus restos mortais e os enterrou no cemitério.

No domingo seguinte ele colocou o osso de seu dedo mindinho no prato de coleta, e quando certo homem acabou tocando nele sem querer, o osso grudou-se em sua mão. O sujeito deu um pulo e sacudiu, esfregou e puxou o osso, na tentativa de livrar-se dele. E então começou a gritar, como se estivesse ficando louco. Ele acabou confessando o assassinato e foi preso.

Certo dia, depois que o criminoso foi enforcado, o velho padre retornou à casa mal-assombrada à meia-noite e a jovem fantasma lhe disse para cavar sob a lareira. Ele seguiu sua orientação e encontrou um enorme saco de dinheiro. E no local em que aquele fantasma havia segurado o casaco do padre, ficaram para sempre as marcas dos dedos ossudos no tecido. Elas nunca mais saíram.

OS CONVIDADOS

Um jovem homem e sua mulher partiram em viagem para visitar a mãe dele. Sempre que iam para lá, costumavam chegar a tempo para o jantar. Mas haviam saído tarde de casa e ainda estavam na estrada quando começou a escurecer. Por isso decidiram procurar um lugar para passar a noite e continuar a jornada na manhã seguinte.

Então, avistaram uma pequena casa no bosque próximo à estrada.

– Quem sabe eles não alugam um dos quartos para nós? – comentou a esposa. E decidiram parar e perguntar.

Um casal de idosos atendeu à porta. Não alugavam quartos, responderam. Mas ficariam contentes se os jovens passassem a noite lá como seus convidados. Havia muitos quartos vazios na casa, e eles gostariam de tê-los como companhia.

A velha senhora preparou café e serviu-lhes bolo, e os quatro conversaram por algum tempo. Então mostraram ao jovem casal o quarto em que ficariam. Eles falaram novamente que queriam pagar pela hospedagem, mas o senhor disse que não aceitaria nenhum pagamento.

Na manhã seguinte, o jovem casal levantou-se bem cedo, antes que os anfitriões tivessem acordado. Sobre uma mesa perto da porta de entrada, deixaram um envelope com certa quantia em dinheiro em pagamento pelo quarto. E foram embora em direção à próxima cidade.

Fizeram uma parada em um restaurante e tomaram o café da manhã. Quando comentaram com o dono do estabelecimento onde tinham passado a noite, o sujeito ficou em choque.

– Não pode ser. Não é possível – disse o homem. – Aquela casa foi totalmente queimada, e os idosos que moravam lá morreram no incêndio.

O jovem casal não conseguiu acreditar e decidiu voltar ao local onde haviam passado a noite. Só que não havia casa nenhuma. Tudo o que encontraram foi a fachada totalmente queimada.

Os dois ficaram ali, atônitos, observando as ruínas e tentando entender o que lhes havia acontecido. E então a mulher deu um grito. Em meio aos destroços ela avistou uma mesa quase intacta, semelhante àquela que tinham visto próximo à porta de entrada. Sobre a mesa estava o envelope que eles haviam deixado pela manhã.

ELES DEVORAM SEUS OLHOS, ELES DEVORAM SEU NARIZ

Existem histórias assustadoras sobre todos os tipos de coisas. As que você vai encontrar a seguir são sobre uma sepultura, uma bruxa, um homem que gostava de nadar, uma viagem para caçar e um cesto de mercado. Há também uma sobre larvas devorando um cadáver – o seu cadáver.

Nunca ria quando o carro fúnebre passar por você, Pois,

nunca se sabe, você pode ser o próximo a morrer.

A CANÇÃO DO CARRO FÚNEBRE

Nunca ria quando o carro fúnebre passar por você,
Pois, nunca se sabe, você pode ser o próximo a morrer.
Da cabeça aos pés você é banhado em formol
E envolvem seu corpo com um enorme lençol.
Colocam você em um imenso caixão preto,
Que à cova desce e é coberto com terra e pedra.
Tudo permanece igual por cerca de uma semana,
E então do caixão um líquido começa a escorrer.
As larvas entram e saem o tempo todo,
E fazem um banquete com a carne do seu rosto.
Elas devoram seus olhos, comem todo o seu nariz,
Elas não poupam nenhum pedaço do seu cadáver.
Uma larva enorme e verde rasteja por seu estômago
Devorando tudo pelo caminho até sair por seus olhos.
Suas tripas viram uma gosma verde e viscosa,
E pus brota do seu corpo de uma forma horrorosa.
Então você espalha essa coisa nojenta numa fatia de pão,
E esse é o seu alimento quando sua morada é um caixão.

A GAROTA QUE FICOU DE PÉ SOBRE UMA SEPULTURA

Certa noite, alguns garotos e garotas foram a uma festa. Lá conversaram sobre o cemitério que havia no fim da rua e como o lugar era assustador.

– Nunca fique de pé sobre uma sepultura depois que escurecer – preveniu um dos garotos. – O cadáver vai agarrar sua perna e te puxar pra dentro da cova.

– Isso não é verdade – retrucou uma das garotas. – É só uma superstição.

– Eu te dou um dólar se você ficar de pé sobre um túmulo – falou o garoto.

– Sepulturas não me dão medo – disse a garota. – Vou fazer isso agora mesmo.

O garoto lhe entregou seu canivete.

– Enfie este canivete em uma das sepulturas – desafiou ele. – Assim saberemos que você esteve mesmo lá.

Sombras obscureciam o cemitério, que estava silencioso como a morte.

– Não há nada a temer – disse a garota a si mesma, apesar do medo que sentia.

Ela escolheu um dos túmulos e ficou de pé sobre ele. Em seguida se agachou, enfiou o canivete na terra e levantou-se para ir embora. Mas não conseguiu sair do lugar. Algo a estava segurando ali! Ela tentou se libertar mais uma vez, mas não conseguiu se mover. Estava aterrorizada!

– Alguma coisa está me prendendo aqui! – gritou ela, e caiu no chão.

Ao perceber que a amiga não tinha voltado, os outros foram procurá-la. Lá, encontraram o corpo dela estendido sobre a sepultura. Sem perceber, ela havia enfiado o canivete no tecido da saia, prendendo a si mesma ao chão. Apenas o canivete a mantinha presa ali. Ela, na verdade, morrera de susto.

UM NOVO CAVALO

Dois agricultores dividiam um quarto na fazenda. Um dormia no fundo do cômodo, enquanto a cama do outro ficava perto da porta. Depois de um tempo, o que dormia perto da porta começou a sentir um enorme cansaço logo no início do dia. Seu amigo lhe perguntou o que estava acontecendo com ele.

– Uma coisa horrível me acontece todas as noites – respondeu ele. – Uma bruxa me transforma em cavalo e cavalga comigo pelos campos.

– Deixa que eu durmo na sua cama hoje à noite – sugeriu o amigo. – Vamos ver o que acontecerá comigo.

Era quase meia-noite quando uma velha senhora que morava ali perto entrou no quarto deles. Ela murmurou algumas palavras estranhas na direção do homem, e ele percebeu que não conseguia mais se mexer. A velha então pôs as rédeas nele e o agricultor se transformou em um cavalo.

Ele lembra que, no instante seguinte, ela estava montada nele, cavalgando os campos a uma velocidade vertiginosa, açoitando-o para que ele corresse ainda mais rápido. Não demoraram a chegar a uma casa onde estava acontecendo uma festa, com música tocando e convidados dançando. Todos estavam se divertindo muito. A velha então o amarrou a uma cerca e entrou na casa.

Quando ela se foi, o cavalo ficou se esfregando contra a cerca até que as rédeas se soltaram e ele se transformou de novo em homem.

Ele entrou na casa e encontrou a bruxa. Pronunciou as mesmas palavras na direção dela e, colocando-lhe as rédeas, transformou a *velha* em uma égua. O homem então a montou e a cavalgou até chegar à casa de um ferreiro, a quem pediu que colocasse ferraduras no animal. Depois disso, montado sobre a égua, ele voltou para a fazenda em que a bruxa morava.

– Veja só, tenho uma ótima potranca aqui – disse ele ao marido da velha –, mas preciso de um animal mais resistente. Você gostaria de fazer uma troca comigo?

O velho examinou a égua e aceitou-a em troca de um de seus cavalos, no qual o agricultor montou e foi embora.

O velho levou o novo animal para o estábulo, onde lhe tirou as rédeas e foi pendurá-las. Mas, quando voltou, a égua havia sumido. No lugar onde antes estava, ele encontrou sua esposa com ferraduras presas nos pés e nas mãos.

JACARÉS

Uma jovem casou-se com um homem de outra região do país. Era um bom sujeito, e os dois se davam muito bem. Havia apenas um problema: todas as noites ele ia nadar no rio. Algumas vezes o marido passava a noite toda fora, e a mulher se queixava de se sentir muito sozinha.

O casal tinha dois filhos pequenos. Quando os meninos aprenderam a andar, o pai os ensinou a nadar. E, quando já tinham idade suficiente, ele começou a levá-los para nadar no rio à noite. Muitas vezes os três passavam a noite inteira lá, e a jovem mulher ficava em casa sozinha.

Depois de um tempo ela começou a agir de um jeito muito estranho – pelo menos era o que os vizinhos comentavam. Ela falava que o marido estava se transformando em um jacaré e que estava tentando fazer o mesmo com os filhos.

Todos lhe diziam que não havia nada de errado em um homem levar os filhos para nadar. Isso era algo muito natural. Além do mais, todos sabiam que não existiam jacarés naquela região.

Certa manhã, ainda bem cedo, a jovem mulher chegou correndo ao centro da cidade vindo da direção do rio. Estava completamente ensopada. Ela contou que um jacaré enorme e dois outros jacarés menores a haviam puxado para dentro do rio e tentado obrigá--la a comer um peixe ainda vivo. Ela afirmou que os jacarés eram o marido e os filhos e que os três queriam que ela vivesse ali no rio com eles. Mas ela tinha conseguido escapar.

O médico com quem ela se consultava afirmou que a mulher tinha ficado louca e a internou em um hospital por um tempo. Depois disso ninguém mais viu o marido e os filhos dela. Os três simplesmente desapareceram.

Vez ou outra pescadores diziam ver jacarés no rio à noite; em geral, um grande e dois menores. Mas o povo da cidade falava que isso não passava de invenção. Era tudo história de pescador, afinal não existiam jacarés naquela região.

TEM ESPAÇO PARA MAIS UM

Um homem chamado Joseph Blackwell viajou para Filadélfia a trabalho e ficou hospedado em uma casa grande que uns amigos tinham nos arredores da cidade. A primeira noite da visita foi bem divertida. Mas quando Joseph foi se deitar, ficou se revirando pra lá e pra cá na cama e não conseguiu dormir.

Certa hora da madrugada ele ouviu um carro avançando até a entrada da garagem e foi à janela ver quem estava chegando àquela hora tão tarde. Sob a luz da lua, viu um longo e preto carro fúnebre cheio de pessoas.

O motorista ergueu os olhos e o fitou na janela. Quando viu seu rosto medonho, Joseph estremeceu. O estranho sujeito falou com ele:

– Tem espaço para mais um. – E esperou um pouquinho antes de sair dirigindo.

Na manhã seguinte, Joseph contou aos amigos o que tinha acontecido.

DESCE · SOBE

– Você estava sonhando – disseram.

– Talvez estivesse mesmo – comentou ele –, mas não parecia ser um sonho.

Depois do café da manhã ele foi para Filadélfia e passou o dia em um arranha-céu, um dos mais novos prédios comerciais da cidade.

No fim da tarde, estava aguardando o elevador para descer e voltar à rua, mas chegou lotado. Um dos homens que estava dentro olhou para ele e falou:

– Tem espaço para mais um. – Era o motorista do carro fúnebre.

– Não, obrigado – respondeu Joseph. – Vou esperar o próximo.

As portas se fecharam e o elevador começou a descer. Ouviram-se sons estridentes e gritos, e em seguida um estalo. O elevador havia caído no fundo do poço. Todos que estavam lá morreram.

A WENDIGO

Um homem rico queria caçar em uma região do norte do Canadá onde poucas pessoas estiveram. Ele viajou até uma cidade próxima e tentou encontrar um guia que pudesse levá-lo até lá. Mas ninguém aceitou. "É perigoso demais", disseram.

Por fim, ele encontrou um nativo que precisava desesperadamente de dinheiro e que concordou em levá-lo. O indígena se chamava DéFago.

Eles acamparam na neve próximo de um enorme lago congelado. Foram à caça durante três dias, mas não conseguiram apanhar nada. Na terceira noite houve uma tempestade. Eles ficaram deitados dentro da barraca, ouvindo os uivos do vento e as árvores serem açoitadas pra lá e pra cá.

Na tentativa de observar a tempestade, o caçador abriu um pouco a barraca e ficou chocado com o que viu. Não havia sequer uma brisa lá fora, muito menos uma lufada, e as árvores estavam perfeitamente imóveis. No entanto, ele podia *ouvir* o vento uivar. E quanto mais ele ouvia, mais parecia que os uivos do vento chamavam o nome do indígena.

– DÉÉÉÉÉFAAAAAGO! – rugia o vento. – DÉÉÉÉÉFAAAAAGO!

"Eu devo estar ficando louco", pensou o caçador.

DéFago havia saído de seu saco de dormir e estava encolhido em um dos cantos da barraca, a cabeça entre os braços.

– O que está acontecendo? – indagou o caçador.

– Não é nada – respondeu o nativo.

Mas o vento continuava a chamá-lo. E DéFago ficou cada vez mais nervoso e agitado.

– DÉÉÉÉÉFAAAAAGO! – rugia o vento. – DÉÉÉÉÉFAAAAAGO!

De repente ele se pôs de pé num salto e quis correr para fora da barraca, mas o caçador o agarrou e o jogou no chão.

– Você não pode me deixar aqui! – gritou o caçador.

Então o vento uivou o nome dele novamente, e Dé-Fago conseguiu se soltar e disparou para dentro da escuridão. O caçador pôde ouvi-lo gritar enquanto corria. Ele não parava de chorar, berrando algo como:

– Ah, meus pés estão ardendo, meus pés estão em chamas...

E aos poucos sua voz foi sumindo, e a ventania abrandou.

Pouco antes do nascer do sol, o caçador resolveu seguir as pegadas que DéFago deixara pela neve. Seguiam na direção da floresta, desciam até o lago e depois avançavam sobre sua superfície congelada.

Porém ele logo notou algo estranho. A distância entre as pegadas do nativo foi aumentando cada vez mais. Era tão grande o espaço entre uma e outra que não podiam ter sido deixadas por nenhum ser humano. Era como se alguma criatura o tivesse ajudado a sair correndo para longe dali.

O caçador seguiu o rastro até o meio do lago, onde as pegadas subitamente desapareceram. A princípio ele pensou que a superfície congelada havia cedido, fazendo DéFago cair na água, mas não havia nenhum buraco no gelo. Então cogitou a possibilidade de algo ter puxado o indígena do lago congelado e o levado para o céu. Mas isso não fazia o menor sentido.

Enquanto ele estava lá imaginando o que poderia ter acontecido a seu companheiro de caçada, o vento voltou a soprar forte e logo estava uivando, como na noite anterior. O caçador então ouviu a voz de DéFago. Vinha do alto e gritava:

– Ah, meus pés estão ardendo, meus pés estão em chamas...

Mas o homem não viu nada.

O caçador quis deixar aquele lugar o mais rápido possível. Então voltou ao local onde estava acampado e guardou seus pertences. Deixou um pouco de comida para DéFago e partiu. Chegou à civilização algumas semanas depois.

No ano seguinte ele voltou àquela região para caçar novamente e foi procurar um guia na mesma cidade próxima. As pessoas de lá não conseguiram explicar o que acontecera com DéFago naquela noite. E desde então nunca mais o viram.

– Talvez tenha sido a Wendigo – disse uma delas e riu. – Dizem que ela vem com o vento. Ela o arrasta a uma velocidade impressionante até seus pés queimarem, e outras partes de seu corpo também. Ela então o eleva ao céu e o solta lá de cima. É uma lenda maluca, mas essa é a história que alguns nativos daqui costumam contar.

Poucos dias depois o caçador voltou à cidade. Um indígena entrou e sentou-se ao lado da lareira. Um cobertor envolvia seu corpo, e ele usava um chapéu, de modo que não era possível ver seu rosto. O caçador achou que havia algo de familiar naquele sujeito. Então se aproximou e perguntou:

– DéFago? É você?

O sujeito não respondeu.

– Você sabe algo sobre o DéFago?

De novo, nenhuma resposta.

O caçador ficou pensando que havia algo de errado, que o homem podia estar precisando de ajuda. Mas não conseguia ver o rosto dele.

– Você está bem?

Nenhuma palavra.

Para ver melhor, o caçador ergueu o chapéu do nativo. E deu um grito. Não havia nada debaixo do chapéu, a não ser um monte de cinzas.

OS MIOLOS DO MORTO

Esta história arrepiante é um jogo assustador que as pessoas costumam jogar no Dia das Bruxas. Mas pode ser jogado sempre que você tiver vontade.

Os participantes sentam-se formando um círculo em um recinto escuro e ouvem uma pessoa descrever como os restos mortais de um cadáver apodrecem. Os despojos mortais são passados de mão em mão para que cada um toque e sinta.

Em uma versão, sai do jogo o participante que gritar ou se sobressaltar de susto. Em outra versão todos os participantes devem permanecer até o fim, mesmo que estejam aterrorizados.

Segundo a história, morava na cidade um homem chamado Brown. Há muitos anos, numa noite, ele foi assassinado por pura maldade.

Aqui estão seus restos mortais.

Primeiro, vamos tocar em seus miolos. (Um tomate mole e amassado.)

Agora, sintam os olhos dele, ainda estatelados de espanto. (Duas uvas sem casca.)

Este é o nariz dele. (Um osso de galinha.)

E esta é uma de suas orelhas. (Um damasco seco.)

Aqui está sua mão, da qual só restou carne podre e osso. (Uma luva de pano ou de borracha cheia de lama ou de gelo.)

Mas o cabelo dele ainda cresce. (Um punhado de barba de milho, de pelo ou fios de cabelo úmidos.)

O coração dele de vez em quando ainda bate. (Um pedaço de fígado cru.)

E seu sangue ainda circula. Mergulhe os dedos nele. É uma sensação quente e agradável. (Uma tigela de molho de tomate diluído em água morna.)

Isso foi tudo o que sobrou dele, além dessas larvas. Foram elas que devoraram o que restou do pobre homem. (Um punhado de espaguete cozido e ainda úmido.)

"POSSO CARREGAR O SEU CESTO?"

Sam Lewis passou a noite jogando xadrez na casa de um amigo. Era quase meia-noite quando eles terminaram a partida, e Sam se levantou para voltar para casa. Na rua fazia um frio congelante e estava tão silencioso quanto um cemitério.

Virando uma esquina, ele se surpreendeu ao ver uma mulher andando à sua frente. Ela carregava um cesto coberto com um pano branco. Quando a alcançou, ele se virou para ver quem era. Mas ela estava tão enrolada em roupas para se proteger do frio que foi difícil discernir seu rosto.

– Boa noite – disse Sam. – O que a faz andar pela rua tão tarde?

Mas a mulher não respondeu.

Ele então perguntou:

– Posso carregar o seu cesto?

A mulher o entregou a ele. Debaixo do pano uma voz falou:

– É muito gentil de sua parte. – E em seguida ouviu-se uma risada histérica.

Sam ficou tão assustado que acabou deixando o cesto cair, e de dentro dele rolou a cabeça de uma mulher. Ele olhou para a cabeça e encarou a pessoa que carregava o cesto.

– É a cabeça *dela*! – gritou ele. E começou a correr, com a mulher e a cabeça em seu encalço.

A cabeça não demorou a alcançá-lo. Ela deu um salto e cravou os dentes na perna esquerda de Sam. Ele urrou de dor e começou a correr ainda mais rápido.

Mas a mulher e a cabeça seguiam logo atrás. A cabeça então deu mais um salto e mordeu a outra perna de Sam. E depois todos desapareceram.

OUTROS PERIGOS

A maior parte das histórias assustadoras deste livro foi transmitida de geração em geração ao longo dos anos. Mas as narrativas contidas neste capítulo só começaram a ser contadas recentemente. São histórias que os jovens costumam contar sobre os perigos que enfrentamos no dia a dia.

O GANCHO

Depois de ir ao cinema, Donald e Sarah foram dar uma volta no carro dele. Subiram uma colina na periferia da cidade, onde estacionaram o automóvel. Lá de cima puderam ver as luzes acesas em todo o vale.

Donald ligou o rádio e sintonizou em uma música. Mas um locutor logo interrompeu a programação com um boletim de notícias. Um assassino havia escapado da prisão estadual. O homem estava armado com uma faca e seguiu a pé em direção ao sul. Ele não tinha a mão esquerda, em seu lugar havia um gancho.

– Vamos fechar as janelas e trancar as portas – disse Sarah, alarmada.

– É melhor mesmo – concordou Donald.

– Aquela prisão não fica muito longe daqui – comentou ela. – Talvez a gente devesse ir para casa.

– Mas são só dez horas – falou Donald.

– Não me interessa que horas são – retrucou ela. – Eu quero ir pra casa.

– Pensa bem, Sarah – argumentou ele –, o cara não vai se dar ao trabalho de subir até aqui. Por que faria isso? Mesmo que ele chegasse aqui, todas as portas estão trancadas. Como poderia entrar no carro?

– Donald, ele poderia bater com o gancho, quebrar uma das janelas e abrir a porta – respondeu Sarah. – Estou com medo. Vamos pra casa.

Ele resmungou aborrecido:

– Garotas estão sempre com medo de alguma coisa...

Quando Donald deu partida no carro, Sarah achou ter ouvido alguém, ou alguma coisa, arranhando a porta.

– Você ouviu isso? – perguntou ela, enquanto o carro se afastava fazendo barulho. – Parecia que tinha alguém tentando entrar.

– Ah, tinha, sim. Com certeza – retrucou Donald, sarcástico.

Eles logo chegaram à casa dela.

– Você quer entrar e tomar um chocolate? – convidou Sarah.

– Não – respondeu ele –, preciso ir pra casa.

Donald deu a volta para abrir a porta do carro para a namorada. Pendurado na maçaneta, ele encontrou um gancho.

O VESTIDO BRANCO DE CETIM

Um rapaz convidou uma moça para um baile. Mas ela era muito pobre e não tinha como comprar o vestido de gala apropriado para a ocasião.

– Talvez você possa alugar um vestido – comentou a mãe dela.

E assim a moça foi até uma casa de penhores não muito distante de onde morava. Lá encontrou um vestido branco de cetim justamente de seu tamanho. A jovem ficou linda nele e conseguiu alugá-lo por uma pequena quantia.

Quando chegou ao baile acompanhada de seu amigo, ela estava tão encantadora que todos quiseram conhecê-la. Ela não parou de dançar nem um minuto e se divertiu muito. Em certo momento, a moça começou a se sentir tonta e fraca, e pediu ao amigo que a levasse para casa.

– Acho que exagerei na dança – comentou.

Ao chegar em casa, ela foi se deitar. Na manhã seguinte, a mãe surpreendeu-se ao encontrar a filha morta sobre a cama. O médico foi chamado, mas não conseguiu descobrir o que podia ter causado a morte da jovem, por isso solicitou ao legista que fizesse a autópsia do cadáver.

O legista constatou que ela fora envenenada por formol, que fizera seu sangue parar de correr. Havia vestígios de formol no vestido que a moça usava. O homem chegou à conclusão de que a substância tinha penetrado em sua pele durante a transpiração enquanto a jovem dançava.

O dono da casa de penhores contou que havia comprado a roupa de um coveiro. O vestido tinha sido usado no funeral de outra jovem, e o coveiro o furtara pouco antes de ela ser sepultada.

FARÓIS ALTOS

A garota que dirigia o velho sedã azul era aluna do último ano do ensino médio. Ela morava em uma fazenda a quase dois quilômetros de distância e ia para a escola dirigindo.

Certa noite ela foi de carro para o colégio para assistir a um jogo de basquete. Ao fim da partida, voltou para casa. Ao sair do estacionamento da escola, notou que uma caminhonete vermelha começou a seguir seu carro. Depois de alguns minutos, o veículo continuava atrás dela.

"Talvez estejamos indo na mesma direção", pensou a garota.

A jovem passou a observar a caminhonete pelo retrovisor. Quando ela acelerava ou reduzia a velocidade, o motorista do outro veículo também mudava a velocidade. Quando ela ultrapassava um automóvel, ele também ultrapassava.

O sujeito então ligou os faróis altos, ofuscando a visão da garota com a luz intensa. E os deixou ligados por quase um minuto.

"Ele provavelmente quer me ultrapassar", pensou a garota, mas a verdade é que já estava ficando preocupada.

Ela normalmente usava uma estrada secundária ao voltar para casa, e poucas pessoas conheciam tal caminho. No entanto, quando ela virou para pegar aquela via, a caminhonete foi atrás.

"Preciso escapar desse cara", pensou ela, acelerando o carro. Foi então que ele ligou os faróis altos novamente, e só os desligou depois de um minuto. Em seguida os acendeu de novo, e apagou.

A jovem pisou ainda mais fundo no acelerador, mas o motorista a seguia bem de perto. Ele acendeu os faróis altos mais uma vez, e a visão dela foi de novo ofuscada por uma luz intensa.

"O que esse cara está fazendo?", ficou imaginando ela. "O que ele *quer*?" Só então o sujeito diminuiu os faróis. Mas mal passou um minuto e ele os acionou novamente, e deixou os faróis altos.

A garota finalmente avançou com o carro na entrada de casa, e o motorista da caminhonete foi atrás. Ela pulou fora do carro e saiu correndo.

– Chame a polícia! – gritou para o pai. Ela podia ver o motorista do veículo andando pela entrada da garagem. O cara estava armado.

Os policiais chegaram e foram deter o homem, mas ele apontou para o carro da garota.

– Não sou eu quem vocês querem – disse o homem. – É ele.

Agachado atrás do banco do motorista estava um homem com uma faca.

O motorista da caminhonete explicou que percebeu o homem entrando escondido no carro da garota pouco antes de ela sair da escola. Viu isso acontecer diante de seus olhos, mas não pôde impedir. Pensou em chamar a polícia, mas tinha medo de deixá-la sozinha. Por isso decidiu seguir o carro dela.

A cada vez que o sujeito escondido atrás do banco tentava atacar a garota, o motorista da caminhonete acionava os faróis altos. Por fim o criminoso se abaixou, temendo que alguém o visse.

A BABÁ

Eram nove horas da noite. Todos estavam sentados no sofá diante da televisão: Richard, Brian, Jenny e Doreen, a babá.

O telefone tocou:

— Talvez seja a mãe de vocês ligando — disse Doreen e atendeu o telefone. Antes de ela dizer alô, um homem soltou uma gargalhada histérica do outro lado da linha e em seguida desligou.

— Quem era? — perguntou Richard.

— Algum maluco — respondeu Doreen. — O que foi que eu perdi?

Às nove e meia o telefone tocou de novo e a babá foi atender. Era o mesmo sujeito que tinha ligado antes.

— Daqui a pouco estarei aí — falou ele. Em seguida soltou outra gargalhada e desligou.

— Quem era? — perguntaram as crianças.

— Algum doido — disse Doreen.

Quando deu dez horas o telefone tocou pela terceira vez. Jenny foi logo atender.

– Alô – disse a menina.

Era o mesmo cara do outro lado da linha.

– Só mais uma hora – falou ele. Então riu e desligou.

– Um homem falou: "Só mais uma hora." O que ele quis dizer? – perguntou Jenny.

– Não se preocupe – disse Doreen. – É só alguém passando trote.

– Estou com medo – comentou a menina.

O telefone tocou novamente às dez e meia. Quando Doreen atendeu, o homem falou:

– Agora falta pouco. – E riu.

– *Por que* está fazendo isso? – gritou Doreen, e o sujeito bateu o telefone.

– Foi aquele cara de novo? – perguntou Brian.

– Foi – respondeu a babá. – Vou ligar para a companhia telefônica e registrar uma reclamação.

A atendente pediu que Doreen ligasse para lá de novo se o tal maluco telefonasse outra vez, pois tentaria rastrear a ligação.

Às onze o telefone tocou. Doreen atendeu.

– Agora falta muito pouco – falou o homem antes de soltar outra risada e desligar.

Doreen ligou para a companhia telefônica e avisou à atendente, que retornou a ligação logo em seguida.

– A pessoa está ligando de um telefone no segundo andar – informou a mulher. – É melhor vocês saírem de casa agora. Vou chamar a polícia.

E bem nesse momento uma porta se abriu no andar de cima. Um homem que nunca tinham visto antes começou a descer a escada na direção deles. Enquanto Doreen e as crianças corriam para escapar da casa, ele sorria de um jeito muito estranho. Poucos minutos depois, a polícia chegou e o prendeu.

"AAAAAAAAH!"

Este capítulo tem o mesmo título do primeiro. Mas aquelas histórias têm como objetivo assustar você. As deste capítulo pretendem fazer você dar boas gargalhadas.

A DOR ANUNCIADA

Uma viúva meio surda morava sozinha no último andar de um prédio. Certa manhã seu telefone tocou.

– Alô – disse ela.

– Vim pra dor – anunciou um homem do outro lado da linha. – Estou subindo.

"Alguém está me passando um trote", pensou ela e desligou.

Meia hora depois o telefone tocou de novo. Era o mesmo homem.

– Vim pra dor – disse ele. – Já vou subir.

A idosa não sabia o que pensar, mas estava ficando assustada.

E o telefone tocou novamente. Era o homem fazendo ameaças outra vez.

– Vou subir agora – avisou ele.

A mulher rapidamente chamou a polícia, que avisou que logo chegaria lá. Quando tocaram a campainha, ela suspirou, aliviada.

"A polícia chegou!", pensou a viúva.

Quando abriu a porta, porém, deparou com um velhinho carregando um balde e um pano sujo.

– Vimpador. Sou o vimpador de vidraças. Vou deixar todas vimpinhas, dona!...

O SÓTÃO

Um homem chamado Rupert vivia com seu cachorro em uma casa no meio da floresta. Ele era caçador, e seu pastor alemão, que tinha desde que era um filhote, chamava-se Sam.

Rupert saía para caçar quase todas as manhãs, e Sam ficava de guarda tomando conta da casa. Certa manhã, porém, enquanto Rupert checava as armadilhas, teve a sensação de que algo não estava bem em casa.

Ele voltou correndo o mais rápido que pôde, mas ao chegar notou que Sam havia sumido. Rupert o procurou pela casa e na mata ao redor, mas não conseguiu encontrar seu fiel companheiro em lugar nenhum. Ele chamou o nome de Sam várias vezes, mas o cachorro não latiu. O caçador procurou por ele por muitos dias, mas não achou nenhuma pista que o levasse até Sam.

Por fim, acabou desistindo e voltou ao trabalho. Mas, certa noite, Rupert ouviu algo se mexendo no sótão e foi pegar sua arma. Então pensou: "Não posso fazer nenhum barulho."

Tirou as botas e, descalço, começou a subir as escadas do sótão. Subiu os degraus lentamente, um depois do outro, até chegar à porta.

Permaneceu imóvel, esforçando-se para ouvir alguma coisa, mas não escutou nada. Então abriu a porta e...

– AAAAAAAAH!

(Nesse momento, o narrador faz uma pausa, como se tivesse terminado a história. Alguém então costuma perguntar: "Por que Rupert gritou?"

E o narrador deve responder: "Você também gritaria se estivesse descalço e pisasse em um prego.")

O TEMÍVEL MONSTRO MARINHO

O temível monstro marinho
Saiu das profundezas do mar,

Ele comeu todos à minha volta
Mas decidiu me poupar.

O temível monstro marinho
Saiu das profundezas do mar,

Ele comeu todos à minha volta
Mas decidiu me...

N-H-A-C...

OS OSSOS DE
AARON KELLY

Aaron Kelly morreu. Compraram-lhe um caixão, fizeram-lhe um funeral e o sepultaram.

Mas, naquela mesma noite, ele saiu da cova e voltou para casa. A família estava toda reunida diante da lareira quando ele entrou.

Aaron sentou-se ao lado da viúva e comentou:

– O que está acontecendo? Todos vocês estão agindo como se alguém tivesse morrido. Quem bateu as botas?

E a viúva respondeu:

– Você.

– Ué, não sinto que estou morto – retrucou ele. – Me sinto ótimo!

– Você não está ótimo – disse a mulher. – Você está morto. É melhor você voltar para o cemitério. Seu lugar agora é lá.

– Não vou a lugar nenhum até *sentir* que estou morto de verdade – argumentou ele.

Como Aaron não queria voltar para a cova, sua viúva não podia receber o seguro de vida a que tinha direito após a morte dele. Sem esse dinheiro ela não tinha como pagar o caixão, e o agente funerário avisou que o pegaria de volta.

Aaron nem se importou. Ficou sentado em uma cadeira de balanço ao lado da lareira, aquecendo os pés e as mãos. Mas suas articulações estavam ressecadas e as costas estavam rígidas, e quando ele se mexia ouvia seu corpo todo ranger e estalar.

Certo dia o melhor violinista da cidade foi cortejar a viúva. Desde que Aaron havia morrido, o músico queria se casar com ela. Os dois se sentaram de um dos lados da lareira e Aaron sentou-se do outro, seu corpo estalando e rangendo.

– Até quando teremos que aturar esse cadáver? – perguntou a viúva.

– Algo precisa ser feito – disse o violinista.

– Isso aqui não está nem um pouco divertido – comentou Aaron. – Vamos dançar!

O músico pegou seu violino e começou a tocar. Aaron se esticou, se sacudiu, se levantou, deu uns dois passos e começou a dançar.

Com seus velhos ossos chacoalhando, trincando os dentes amarelados, agitando a careca e abanando os braços, ele dançou pra lá e pra cá.

Com as longas pernas estalando e as rótulas tremendo, ele saltava e corria pela sala. Como aquele defunto requebrava! Mas um dos ossos logo se soltou e caiu no chão.

– Olhe aquilo! – exclamou o violinista.

– Vamos! Toque mais rápido! – disse a viúva.

E o músico tocou ainda mais rápido.

Estalando e rangendo, pra cima e pra baixo, o defunto não parava de saracotear, e seus ossos ressecados continuavam caindo – aqui, ali, os ossos tombavam por todos os lados.

– Toque, homem! Toque ainda mais rápido! – gritou a viúva.

O músico tocava seu violino e Aaron dançava, até que desmoronou. Desabou em uma pilha de ossos. Todos os ossos de seu corpo, exceto seu crânio, que arreganhou um sorriso para o violinista, trincando os dentes, e continuou dançando.

– Veja isso! – murmurou o músico.

– Agora toque mais alto! – berrou a viúva.

– Ho, ho! – falou o crânio. – Que divertido!

O violinista não aguentou.

– Mulher, estou indo embora – disse ele, e nunca mais voltou à casa dela.

A família recolheu os ossos de Aaron e os depositou no caixão. Eles os embaralharam, de modo que o defunto não conseguisse reorganizá-los. E assim Aaron permaneceu em sua sepultura.

Mas sua viúva nunca mais se casou. Aaron se certificou disso.

VAMOS ESPERAR ATÉ MARTIN CHEGAR

Um velho saiu para dar uma caminhada. Quando começou a chover, ele procurou um local onde pudesse se abrigar e logo encontrou uma velha casa. Correu até a entrada e bateu na porta, mas ninguém atendeu.

Desabou um temporal, com trovões e relâmpagos. Ele resolveu então tentar abrir a porta e, ao perceber que estava destrancada, entrou na casa.

O lugar estava vazio, exceto por uma pilha de caixas de madeira. Ele desmontou algumas delas e usou a madeira para acender a lareira. Sentou-se em frente ao fogo e se secou. O ambiente ficou tão quentinho e aconchegante que ele acabou adormecendo ali mesmo.

Quando acordou, viu um gato preto sentado perto da lareira. O animal o encarou por um tempo e depois ronronou.

"Que gato bonito", pensou o velho e voltou a cochilar.

Quando abriu os olhos, havia mais um gato no recinto. Mas o segundo felino era tão grande quanto um lobo. O animal o encarou bem de perto e perguntou ao outro:

— Vamos fazer agora?

— Não – respondeu o primeiro gato. – Vamos esperar até Martin chegar.

"Devo estar sonhando", pensou o velho homem, e fechou os olhos novamente. E em seguida deu outra olhada. Mas agora havia um *terceiro* gato no recinto, e este era tão grande quanto um tigre. O animal olhou para o velho homem e perguntou aos outros dois:

— Vamos fazer agora?

— Não – responderam. – Vamos esperar até Martin chegar.

O velho pôs-se de pé num salto, pulou pela janela e começou a correr.

— Quando Martin chegar, digam a ele que não pude esperar! – gritou o velho.

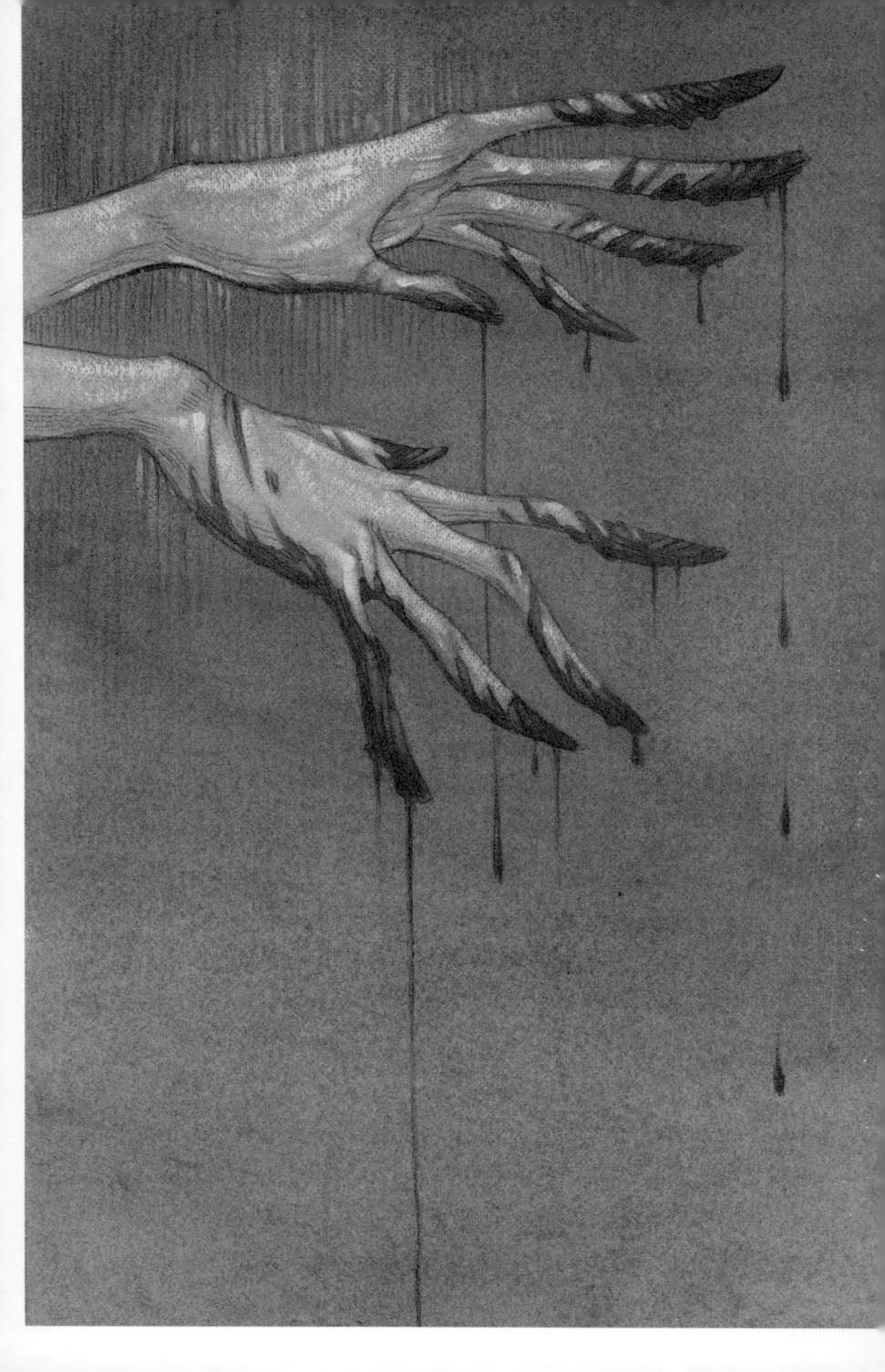

O FANTASMA COM DEDOS ENSANGUENTADOS

Um empresário chegou tarde da noite a um hotel e quis se hospedar em um dos quartos. O recepcionista lhe informou que o estabelecimento estava lotado.

– Há somente um quarto vazio – disse o rapaz. – Mas ele não costuma ser oferecido aos hóspedes porque é assombrado.

– Eu aceito passar a noite nele – retrucou o empresário. – Não acredito em fantasmas.

O homem então subiu para o quarto, onde desfez a mala e foi dormir. Assim que o hóspede se deitou, um fantasma saiu do armário. Seus dedos estavam ensanguentados e ele gemia, num aflito lamento:

– Dedos cheios de sangue! Dedos cheios de sangue!

Quando o homem viu o fantasma, pegou seus pertences e saiu correndo.

Na noite seguinte, foi uma mulher quem chegou tarde para fazer check-in no hotel. Outra vez, todos

os quartos já estavam ocupados, exceto aquele mal-
-assombrado.

– Não tem problema, posso dormir lá – disse ela. –
Fantasmas não me assustam.

Assim que ela se deitou, o fantasma saiu do armário.
Dos dedos dele ainda escorria sangue e ele gemia:

– Dedos cheios de sangue! Dedos cheios de sangue!

A mulher viu aquilo e, espantada, fugiu correndo.

Uma semana depois, outro hóspede chegou tarde
da noite e aceitou ficar no mesmo quarto mal-assombrado.

Depois de desfazer a mala, ele pegou seu violão e
começou a tocar uma música. O fantasma logo apareceu. Seus dedos estavam cobertos de sangue, e ele
ainda gemia:

– Dedos cheios de sangue! Dedos cheios de sangue!

O hóspede nem prestou atenção no espectro. Simplesmente continuou dedilhando seu violão, enquanto
a assombração continuava seu lamento, o sangue es-
correndo dos dedos.

Por fim, o homem ergueu os olhos.

– Fique calmo, cara! – disse ele. – E vai colocar um
curativo.

ABREVIATURAS UTILIZADAS NAS NOTAS, NAS FONTES E NAS REFERÊNCIAS BIBLIOGRÁFICAS

CFQ   *California Folklore Quarterly* [Revista Trimestral de Folclore da Califórnia]

HF   *Hoosier Folklore* [Folclore de Hoosier]

HFB   *Hoosier Folklore Bulletin* [Boletim de Folclore de Hoosier]

IF   *Indiana Folklore* [Folclore de Indiana]

JAF   *Journal of American Folklore* [Revista do Folclore Americano]

KFQ   *Kentucky Folklore Quarterly* [Revista Trimestral de Folclore de Kentucky]

MFA   Maryland Folklore Archive, University of Maryland, College Park, Md. [Arquivo de Folclore de Maryland, Universidade de Maryland, College Park, Maryland]

NEF	*Northeast Folklore* [Folclore da região nordeste americana]
NMFR	*New Mexico Folklore Record* [Registro de Folclore do Novo México]
NYFQ	*New York Folklore Quarterly* [Revista Trimestral de Folclore de Nova York]
PTFS	Publication of the Texas Folklore Society [Publicação da Sociedade de Folclore do Texas]
RU	Compiler's collection of folklore, contributed by his students at Rutgers University, New Brunswick, NJ, 1963-1978 [Coleção compilada de folclore que recebeu contribuições de alunos da Universidade Rutgers, New Brunswick, Nova Jersey, 1963-1978]
SFQ	*Southern Folklore Quarterly* [Revista Trimestral de Folclore da região sul dos Estados Unidos]
UMFA	University of Massachusetts Folklore Archive, Amherst, Mass. [Arquivo de Folclore da Universidade de Massachusetts, Amherst, Massachusetts]
WSFA	Wayne State University Folklore Archive, Detroit, Mich. [Arquivo de Folclore da Universidade Estadual de Wayne, Detroit, Michigan]

NOTAS

As publicações citadas estão relacionadas nas Referências Bibliográficas.

Histórias que nos fazem pular de medo (p. 13-30): Há dezenas de histórias desse tipo, mas atualmente apenas duas são amplamente conhecidas. Uma delas é "O dedão do pé", apresentada no Capítulo 1, que é contada na região sudeste dos Estados Unidos. A outra história se chama "O braço dourado", da qual "O dedão do pé" se originou.

Em "O braço dourado", um homem se casa com uma mulher que usa uma prótese de braço dourada muito bem-feita. Depois que a esposa morre, ele rouba a prótese do túmulo, fazendo o fantasma dela voltar para exigir que ele a devolva. Em algumas variações, o que é roubado é um coração dourado, ou cabelos dourados ou olhos de diamante. Ou então é um órgão, em geral o fígado ou o coração, que em seguida é comido pelo marido, num ritual de canibalismo.

"O dedão do pé" é um conto americano. "O braço dourado", embora muito conhecido nos Estados Unidos, é um conto de origem anglo-germânica. Os Irmãos Grimm recontaram uma versão dele no início do século XIX, mas o conto é anterior a esse período.

Mark Twain costumava contar "O braço dourado" em suas apresentações em público. Certa vez, em uma dessas performances, ele deu o seguinte conselho ao se referir às frases que fazem os ouvintes das histórias pular de medo:

"Você precisa imprimir ao lamento ['Quem pegou o meu braço?'] um tom de lamúria e acusação; em seguida você [faz uma pausa, e] encara com seriedade e de modo impressionante os olhos de... uma garota, de preferência, e deixa que aquela pausa que inspira temor se transforme num profundo silêncio. Quando já tiver durado o bastante, dê um pulo repentino na direção daquela garota e grite: '*Você* o pegou!'

Se você tiver feito a pausa da maneira correta, ela vai soltar um baita ganido e pular aterrorizada..."

Há três formas de contar histórias desse tipo. Duas delas foram apresentadas no Capítulo 1. Na terceira, o fantasma volta para procurar o que lhe foi roubado. Fingindo inocência, o ladrão de sepulturas pergunta o que aconteceu com várias partes do corpo da alma penada. A cada pergunta, o fantasma responde: "Todas elas secaram e definharam." Quando o ladrão menciona a parte do corpo que foi roubada, a assombração solta um grito agudo: "*Você* a roubou!" Ver Botkin, *American*, p. 502-503; Burrison; Roberts, *Old Greasybeard*, p. 33-36; Stimson, *JAF*, n. 58, p. 126.

Fantasmas (p. 31-46): Em quase todas as civilizações, existe a crença de que os mortos voltam por diversos motivos. Ou porque suas vidas chegaram ao fim antes da hora. Ou porque não foram sepultados de maneira adequada. Ou porque tinham algum assunto importante a resolver ou alguma missão que precisava ser cumprida. Ou porque queriam punir alguém ou se vingar. Ou porque desejavam trazer conforto a alguma pessoa ou dar um conselho, ou, até, obter o perdão de alguém.

Dizem que alguns retornam como seres humanos. Na verdade, eles podem até ter a mesma aparência de quando estavam vivos e quem os encontra pode não perceber que se trata de fantasmas.

Um dos mais conhecidos dessas "assombrações vivas" é a mochileira fantasmagórica ou a moça que pede carona e desaparece. Os motoristas costumam se deparar com ela tarde da noite. Ela fica parada em uma esquina ou no acostamento de alguma estrada e pergunta se podem levá-la para casa.

Ela entra e senta-se no banco traseiro. Mas quando o motorista chega ao endereço que a moça lhe forneceu, ele se dá conta de que ela desapareceu. O sujeito então informa aos familiares dela sobre o ocorrido e fica sabendo que a moça morreu naquele dia alguns anos antes, exatamente no local onde ele lhe ofereceu carona.

No Capítulo 2, foram apresentadas duas histórias de almas penadas que voltam à vida: "Os convidados" e "Frio como o barro".

Dizem que alguns mortos retornam na forma de animais, principalmente como cachorros. Outras assombrações podem ter uma aparência espectral. Ou podem aparecer como uma bola de fogo ou um ponto de luz em movimento. Ou podem fazer sua presença ser notada por meio de sons ou de ações, como o bater de uma porta, o chocalhar das chaves em uma fechadura ou o arrastar de móveis.

Também já se ouviram relatos de fantasmas de animais, assim como assombrações de objetos como pistolas, botas e rifles, e de trens e carros associados com a morte.

Fantasmas de seres humanos fazem muitas coisas que uma pessoa faz. Comem, bebem, viajam de trem e andam de ônibus, tocam piano e vão pescar. Eles também riem, choram, gritam, sussurram e fazem diversos tipos de barulhos.

Quando completa a missão que estava destinada a cumprir, é provável que a alma penada retorne a seu túmulo. Mas há vezes em que isso pode requerer a ajuda de uma pessoa, por exemplo, um padre ou guia espiritual, que pode ter experiência em "espantar" assombrações ou ajudá-las a encontrar o descanso eterno.

Se você deseja ver ou ouvir um fantasma, siga estas recomendações: vire a cabeça para trás sobre o ombro esquerdo. Olhe através de uma das orelhas de uma mula. Olhe para um espelho junto com outra pessoa. Arrume seis pratos brancos em volta de uma mesa, vá a um cemitério ao meio-dia e chame o nome de alguém que você conhecia e que esteja enterrado lá.

Se você der de cara com um fantasma, recomenda-se que fale com ele. Se fizer isso, talvez você consiga ajudá-lo a concluir o que veio fazer no mundo dos vivos e voltar ao descanso eterno em sua sepultura. Alguns afirmam que a maneira mais eficaz é dizer a eles: "Em nome de Deus [ou em nome do Pai, do Filho e do Espírito Santo], o que você quer?" Dizem também que segurar uma Bíblia irá protegê-lo de uma alma penada vingativa e demonstrar sua sinceridade em ajudá-la.

No entanto, a maioria das assombrações não é considerada perigosa. Como a estudiosa do folclore Maria Leach assinala: "Em geral um fantasma é uma pobre alma inofensiva... à procura de alguém com entendimento e bondade suficientes com quem possa falar e pedir que lhe façam pequenos favores." Ver Beardsley e Hankie, *CFQ* n. 1, p. 303-336; *CFQ* n. 2, p. 3-25; Creighton, p. i-xi; Hole, p. 1-12; Gardner, p. 85; Leach, *Dictionary*, "Aparição", p. 933-934; Leach, *Thing*, p. 9-11.

"A coisa" (p. 32-33): Esse conto apresenta um mensageiro, ou um precursor da morte. O prenunciador é uma figura semelhante a um esqueleto que aparece e persegue os personagens principais. O esqueleto, na verdade, é um "espectro", uma aparição representando como será a aparência de uma pessoa quando ela morrer. Mas os relatos mais comuns são de pessoas que ouvem esses precursores, em vez de vê-los. São sons como batidas na porta ou badaladas de um relógio. Ver Creighton, p. 1-7 e 69-70.

"A casa mal-assombrada" (p. 41-44): A história sobre uma pessoa que tem coragem suficiente para passar a noite em uma casa mal-assombrada, e que com frequência é recompensada por sua valentia, é contada inúmeras vezes no mundo inteiro. Existem muitas versões desse conto, mas o tema nunca muda. Neste livro são apresentadas quatro variações diferentes: "Estou amarrada, corajoso andarilho!", "A casa mal-assombrada", "Vamos esperar até Martin chegar" e "O fantasma com dedos ensanguentados". O conto é classificado como Tipo 326 (os jovens que queriam saber o que era o medo). Ver Ives, *NEF* n. 4, p. 61-67; Roberts, *Old Greasybeard*, p. 72-74, 187; Roberts, *South*, p. 35-38, 217-218.

"A canção do carro fúnebre" (p. 49): Embora muitos adultos americanos sejam familiarizados com essa canção, ela é mais conhecida nas escolas de educação infantil. Durante a Primeira Guerra Mundial, porém, era uma música de guerra cantada pelos recrutas dos Estados Unidos e da Inglaterra. Uma das versões que cantavam era assim:

Você já pensou que quando o carro fúnebre passa
Um desses dias você certamente vai morrer?
Vão transportá-lo em um enorme carro preto;
Vão levá-lo embora e você nunca mais vai voltar a viver.

Seus olhos se desmancham e seus dentes todos caem
E as larvas rastejam sobre seu queixo e sua boca;
Os vermes entram e saem de seu cadáver apodrecido
E seus membros se desprendem de seu corpo.

A letra mudou consideravelmente desde aquela época. Larvas agora fazem um banquete com a carne de seu rosto. Suas tripas viram uma gosma verde e viscosa e pus brota do seu corpo de uma forma horrorosa.

Como o público-alvo são as crianças, a letra hoje é mais repugnante, porém é menos cruel. Um estudioso do tema associa as modificações na letra a uma mudança na função. Durante a Primeira Guerra Mundial a canção ajudava os soldados a lidar com o medo que sentiam. Hoje em dia ela ajuda as crianças a lidar com o fato de que a morte é uma realidade, embora use a sátira e o humor para negar a morte.

A canção faz parte de uma antiga tradição poética. Durante a Idade Média muitos dos poemas escritos nos países europeus tratavam da morte e da decadência do corpo. Conheça a seguir uma estrofe desse tipo extraída de um poema do século XII, traduzido do inglês medieval:

Um verme perverso vive em minha coluna vertebral;
Meus olhos perderam o brilho e estão baços;
Minhas tripas apodrecem, meu cabelo está verde,
Arreganho meus dentes em um sorriso sombrio.

Naquela época poemas desse tipo também podem ter servido a outro objetivo: reorientar os pensamentos mundanos das pessoas à vida após a morte. Ver Doyle, PTFS n. 40, p. 175-190. Para duas versões de "A canção do carro fúnebre" da época da Primeira Guerra Mundial, ver Sandburg, p. 444.

"A Wendigo" (p. 60-64): A Wendigo, ou Windigo, é um espírito feminino que personifica o terrível frio das florestas do norte. Ela faz parte do folclore dos indígenas nativos das florestas do Canadá e em algumas regiões do extremo norte dos Estados Unidos.

Segundo a lenda, a Wendigo atrai suas vítimas com um chamado irresistível, então as arrasta em alta velocidade, eleva-as ao céu e em seguida as deixa cair, transformando os pés delas em tocos congelados. As vítimas são arrastadas pelo espírito e gritam desesperadas: "...Ah, meus pés estão ardendo, meus pés estão em chamas!"

A única forma de se proteger da Wendigo é impedindo que a pessoa que está sendo chamada vá ao encontro do espírito. Mas se isso não acontece, a entidade tenta atrair quem quer que seja que estiver impedindo a pessoa de ser sua próxima vítima. Ver Crowe, *NMFR* n. 11, p. 22-23.

Segundo os saberes ancestrais de alguns povos do norte, a Wendigo atua não como um espírito do frio, mas como um canibal gigante que mata para obter carne humana. Alguns indígenas do século XIX também tinha compulsão por comer carne humana, uma doença que antropólogos posteriormente chamaram de "psicose Windigo". Ver Speck, *JAF* n. 48, p. 81-82; Brown, *American Anthropologist* n. 73, p. 20-21.

Crenças em lendas (p. 71-83): Não é difícil de acreditar nos contos do Capítulo 4. Eles retratam pessoas comuns e descrevem episódios que não parecem estar além da esfera do possível.

Mas há relatos das mesmas ocorrências repetidamente em diferentes locais dos EUA. E nunca é possível rastrear essas histórias aos reais envolvidos no episódio. O mais perto que se costuma chegar é de alguém que conhecia alguém que conhecia uma das pessoas envolvidas.

(A única exceção conhecida está relacionada à lenda de um "carro da morte", um automóvel antigo que foi vendido por uma mixaria por causa do cheiro de cadáver que impregnava o carro, por mais que tentassem removê-lo. O folclorista Richard M. Dorson pesquisou as origens da história, que o levaram a Mecosta, no estado americano de Michigan, onde o episódio aconteceu em 1938.)

A maior parte desses relatos é de expressões de ansiedade que as pessoas sentem com relação a determinados aspectos de sua vida. Eles se desenvolvem de incidentes e rumores que reforçam esses medos e em torno dos quais os contos são elaborados.

Esses relatos modernos são descritos pelos estudiosos do folclore como sendo crenças migratórias em lendas. São considerados "migratórios" no sentido de que não ficam restritos a um único local, como acontece com as lendas tradicionais. Essas são algumas das formas atuais mais importantes de manifestação folclórica.

Todas as histórias no Capítulo 4 são crenças em lendas sobre alguns dos perigos com os quais os jovens podem se confrontar. O conto "Tem espaço para mais um", do Capítulo 3, é uma delas. Está relacionado a fenômenos sobrenaturais, mas há relatos de episódios dessa natureza em vários locais dos Estados Unidos e nas Ilhas Britânicas.

Essas lendas também contêm elementos de violência, horror, ameaças tecnológicas, impureza de alimentos, relacionamentos com amigos e familiares, constrangimento pessoal e outras fontes de ansiedade.

Elas são difundidas pelo boca a boca, mas de tempos em tempos os veículos de comunicação apresentam notícias que ajudam a disseminá-las. Ver Brunvand, *American*, p. 110-112; Brunvand, *Urban American Legends*; Dégh, "Belief Legend", p. 56-68.

"O vestido branco de cetim" (p. 75-76): Conheciam-se duas versões dessa história na Grécia antiga. Hércules morre quando veste uma túnica que sua mulher envenenou com o sangue de seu rival, o centauro Nessus. E Medeia envia uma túnica envenenada de presente a Creusa, a mulher com quem seu ex-marido, Jasão, pretende se casar. E Creusa acaba morrendo ao experimentar a peça. Ver Himelick, *HF* n. 5, p. 83-84.

FONTES

Fornecemos a fonte de cada item, junto de suas variações e outras informações relacionadas. Sempre que disponíveis, são fornecidos os nomes dos coletores (C) e dos informantes (I). As publicações citadas nesta seção estão descritas nas Referências Bibliográficas.

Coisas estranhas e assustadoras

p. 10: "– Era uma vez um homem que morava..."; o príncipe Mamílio começa a contar sua história no Ato II, cena 1, de O conto de inverno. As falas citadas precisaram ser ligeiramente reordenadas no intuito de oferecer mais clareza. Ver Shakespeare, p. 1.107.

1. Aaaaaaaah!

p. 15: "O dedão do pé": Essas são variações de uma história tradicional muito difundida no sul dos Estados Unidos. Eu as conheci quando servi na Marinha americana durante a Segunda Guerra Mundial. Meu informante foi um marinheiro nascido na Virgínia ou em West Virgínia. As histórias são contadas e recontadas de cor. Para comparações, ver Boggs, JAF n. 47, p. 296; Chase, American, p. 57-59;

Chase, *Grandfather*, p. 22-26; Kennedy, PTFS n. 6, p. 41-42; Roberts, *South*, p. 52-54.

p. 18: "A caminhada": (I) Edward Knowlton, Stonington, Maine, 1976. Para comparações, ver "Ma Uncle Sandy", um conto escocês, em Briggs, *Dictionary*, Part A, vol. 2, p. 542.

p. 21: "Por que você está aqui?": Reconto de uma história difundida nos Estados Unidos e nas Ilhas Britânicas. Ver Bacon, *JAF*, n. 35, p. 290; Boggs, *JAF*, n. 47, p. 296-297. Para uma versão escocesa do século XIX, "O estranho visitante", ver Chambers, p. 64-65.

p. 23: "Estou amarrada, corajoso andarilho!": Reconto de uma história do Kentucky registrada por Herbert Halpert em Bloomington, Indiana, em 1940. O informante foi a Sra. Otis Milby Melcher. Para a transcrição do conto feita pelo Dr. Halpert e uma entrevista com a informante, ver *HFB*, n. 1, p. 9-11. O título da história é "O cachorro imprudente e a cabeça ensanguentada". Ela foi ligeiramente aumentada, de acordo com as sugestões da informante que foram incorporadas ao reconto. O final também foi um pouco modificado. No final original, o narrador faz uma pausa depois que o cachorro morre, e então grita: "Buuu!" Muitas crianças que ouviram a história não acharam esse final assustador o bastante. Bill Tucker e Billy Green, ambos de 12 anos e moradores de Bangor, no Maine, sugeriram a mudança. Ideia principal: H. 1411.1 (teste de medo: permanecer em uma casa mal-assombrada em que pedaços de um cadáver caiam pela chaminé). Para contos de casas mal-assombradas relacionados a esse, ver Boggs, *JAF*, n. 47, p. 296-297; Ives, *NEF*, n. 4, p. 61-67; Randolph, *Turtle*, p. 22-23; Roberts, *South*, p. 35-38. Neste livro, ver "A casa mal-assombrada", p. 41-44.

p. 27: "Um homem que morava em Correntes": (I) Tom O'Brien, São Francisco, 1975. O informante aprendeu esse conto com seu pai inglês por volta da virada do século. Para um paralelo inglês, ver Blakesborough, p. 258.

p. 29: "Uma velha só pele e osso": Esse é um conto e uma canção tradicional nos Estados Unidos e nas Ilhas Britânicas. Para variações, ver Belden, p. 502-503; Chase, *American*, p. 186; Cox, *FolkSongs*, p. 482-483; Flanders, p. 180-181; Stimson, *JAF*, 58, p. 126.

2. Ele ouviu passos subindo as escadas do porão...

p. 32: "A coisa": Esse é um conto precursor da morte baseado em um relato do livro de Helen Creighton, *Bluenose Ghosts*, p. 4-6.

p. 35: "Frio como o barro": Esse conto é difundido tanto nos Estados Unidos quanto na Inglaterra. É baseado na balada "O milagre de Suffolk". Ver Child, vol. 5, n. 272, p. 66. Para o conto tal qual era difundido em Virgínia, ver Gainer, p. 62-63. Ideia principal: E.210 (retorno de um namorado malévolo).

p. 37: "O lobo branco": Reconto de um episódio relatado por Ruth Ann Musick em *The Telltale Lilac Bush and Other West Virginia Ghost Stories*, p. 134-135. (I) Lester Tinnell, French Creek, West Virginia, 1954. Ideias principais: E.423.2.7 (espectro que aparece na forma de lobo); E.320 (morto que retorna para infligir punição a alguém).

p. 41: "A casa mal-assombrada": Esse conto foi relatado por Richard Chase em *American Folk Tales and Songs*, p. 60-63. Ele a ouviu e a registrou em Wise County, Virgínia, antes de 1956. Foi resumido para fins de clareza.

p. 45: "Os convidados": Essa história foi contada em diversos lugares. Em certa época ela foi muito conhecida na região ao redor de Albany, Nova York. A versão publicada neste livro é baseada em duas fontes: na recordação de minha esposa, Barbara Carmer Schwartz, que foi criada na região de Albany, e em um relato de Louis C. Jones em *Things that Go Bump in the Night*, p. 76-78. O informante do Dr. Jones foi Sunna Cooper.

3. Eles devoram seus olhos, eles devoram seu nariz

p. 49: "A canção do carro fúnebre": Variação de uma canção tradicional do Brooklyn, em Nova York, na década de 1940. Para uma compilação de variações, ver Doyle, PTFS, n. 40, p. 175-190.

p. 50: "A garota que ficou de pé sobre uma sepultura": Reconto de uma antiga história bem conhecida nos Estados Unidos e nas Ilhas Britânicas. Em outras versões, a vítima é presa por uma vara, um pilar, uma estaca, uma espada e um garfo. Ver Boggs, *JAF*, n. 47, p. 295-296; Roberts, *South*, p. 136-137; Montell, p. 200-201. Ideias principais: H.1416.1 (teste de medo: visitar um cemitério à noite); N.334 (fim acidental de um jogo ou uma piada que ocasionou morte).

p. 53: "Um novo cavalo": Essa história sobre bruxa já foi contada no mundo inteiro. O reconto apresentado neste livro baseou-se em uma história das montanhas do Kentucky relatada por Leonard Roberts. Naquela versão, o velho pega uma arma e estoura os miolos da mulher depois que percebe que ela é uma bruxa. Ver Roberts, *Up Cutshin*, p. 128-129.

p. 55: "Jacarés": Essa história é baseada em um conto da região de Ozark que Vance Randolph relatou intitulado "A história do jacaré", em *Sticks in the Knapsack*, p. 22-23. Ele a compilou após ouvi-la de uma velha senhora em Willow Springs, Missouri, em agosto de 1939.

p. 57: "Tem espaço para mais um": RU, 1970. Essa lenda circulou durante muitos anos nos Estados Unidos e nas Ilhas Britânicas. Para duas versões inglesas, ver Briggs, *Dictionary*, vol. 2, p. 545-546 e 575-576.

p. 60: "A Wendigo": Esse conto indígena também é uma história que costuma ser contada nos acampamentos de verão e é bastante conhecida na região nordeste dos Estados Unidos. Foi adaptada de uma versão que o professor Edward M. Ives, da Universidade do Maine, me contou. Ele a ouviu pela primeira vez na década de 1930, quando participou do Acampamento Curtis Read para escoteiros perto de Mahopac, Nova York. Para uma versão literária desse conto, ver "A Wendigo", do autor inglês Algernon Blackwood, em Davenport, p. 1-58. O nome DéFago usado na adaptação mencionada foi retirado dessa história escrita por Blackwood.

p. 65: "Os miolos do morto": Primeiro parágrafo da história, MFA, 1975. O restante é amplamente conhecido e não se baseou em nenhuma versão específica.

p. 68: "Posso carregar o seu cesto?": (I) Tom O'Brien, São Francisco, 1976. O informante ouviu essa história de terror ser contada por seu pai inglês por volta da virada do século. Para uma variação próxima, ver Briggs, *Dictionary*, vol. 1, p. 500. Ver também Nuttall, *JAF*, n. 8, p. 122, para uma referência sobre um antigo conto indígena mexicano de um crânio humano que persegue os transeuntes, para quando eles param e corre quando eles correm.

4. Outros perigos

p. 72: "O gancho": A lenda é tão amplamente conhecida, em especial em campi universitários, que esse conto não se baseia em nenhuma variação específica. Para comparações, ver Barnes, *SFQ*, n. 30, p. 310; Emrich, p. 333; Fouke, p. 263; Parochetti, *KFQ*, n. 10, p. 49; Thigpen, *IF*, n. 4, p. 183-186.

p. 75: "O vestido branco de cetim": Essa história foi registrada em várias localidades dos Estados Unidos, sobretudo no Meio-Oeste. O reconto baseia-se em diversas variações. Ver Halpert, *HFB*, n. 4, p. 19-20 e 32-34; Reaver, *NYFQ*, n. 8, p. 217-220.

p. 77: "Faróis altos": Esse reconto baseia-se em um registro feito por Carlos Drake em *IF*, n. 1, p. 107-109. Para comparações, ver Cord, *IF*, n. 2, p. 49-52; Parochetti, *KFQ*, n. 10, p. 47-49. Em uma variação que conheci em Waverly, Iowa, uma mulher para em um posto, em uma área abandonada, para abastecer o carro. O frentista nota um homem escondido no banco traseiro. A mulher faz o pagamento em dinheiro, mas ele não lhe dá o troco. Depois de muito esperar, ela entra na loja para buscar seu dinheiro. E nessa hora o frentista lhe conta sobre o homem escondido atrás do banco e ela chama a polícia.

p. 81: "A babá": (I) Jeff Rosen, 16 anos, morador de Jenkintown, Pensilvânia, 1980. Em uma versão muito difundida, o intruso é capturado pela polícia depois que as crianças são encontradas mortas em suas camas. A babá foge. Ver Fouke, p. 264. Um filme americano baseado nesse enredo, *Quando um estranho chama*, foi lançado em 1979 e teve um remake em 2006.

5. *"Aaaaaaaaah!"*

p. 86: "A dor anunciada": (I) Leslie Kush, 14 anos, Filadélfia, 1980. Para comparações, ver Knapp, p. 247.

p. 89: "O sótão": Recordação do compilador. Em uma variação, o caçador tem dois filhos, que desaparecem. O homem decide procurar por eles no sótão e solta um grito quando abre a porta. Ver Leach, *Rainbow*, p. 218-219.

p. 91: "O temível monstro marinho": UMFA, (C) Andrea Lagoy; (I) Jackie Lagoy, Leominster, Massachusetts, 1972.

p. 93: "Os ossos de Aaron Kelly": Reconto de uma história registrada ao longo da costa da Carolina do Sul antes de 1943 por John Bennett. Ele deu ao conto o título de "Daid Aaron II", em *The Doctor to the Dead*, p. 249-252. Seus informantes foram Sarah Rutledge e Epsie Meggett, duas mulheres negras que lhe contaram a história no dialeto gullah. Ideia principal: E.410 (a sepultura perturbada).

p. 96: "Vamos esperar até Martin chegar": Reconto de uma história tradicional negra difundida no sudeste dos Estados Unidos. Em algumas versões o gato espera por "Emmett", "Patience" ou por "Whalem-Balem", em vez de Martin. Ver Pucket, p. 132; Cox, *JAF*, n. 47, p. 352-355; Fauset, *JAF*, n. 40, p. 258-259; Botkin, *American*, p. 711.

p. 99: "O fantasma com dedos ensanguentados": WSFA, (C) Ramona Martin, 1973. Em uma variação, o fantasma é um monstro que mata todos os hóspedes que aceitam ficar no quarto mal-assombrado do hotel, menos um hippie que toca violão. Ver Vlach, *IF*, n. 4, p. 100-101.

REFERÊNCIAS BIBLIOGRÁFICAS

Livros

Os livros que podem interessar mais aos jovens leitores estão marcados com um asterisco (*).

BECK, Horace P. *The Folklore of Maine*. Filadélfia: J. B. Lippincott Co., 1957.

BELDEN, Henry M. *Ballads and Songs Collected by the Missouri FolkLore Society*, vol. 15. Columbia, Mo.: Universidade do Missouri, 1940.

BENNETT, John. *The Doctor to the Dead: Grotesque Legends & Folk Tales of Old Charleston*. Nova York: Rinehart & Co., 1943.

BETT, Henry. *English Legends*. Londres: B. T. Batsford, 1952.

BLACKWOOD, Algernon. "The Wendigo". In Basil Davenport, *Ghostly Stories to Be Told*. Nova York: Dodd, Mead & Co., 1950.

BLAKEBOROUGH, Richard. *Wit, Character, Folklore & Customs of the North Riding of Yorkshire*. Salisbury-by-the-Sea, Inglaterra: W. Rapp & Sons, 1911.

BONTEMPS, Arna, e Langston Hughes. *The Book of Negro Folklore*. Nova York: Dodd, Mead & Co., 1958.

Botkin, Benjamin A., org. *A Treasury of American Folklore*. Nova York: Crown Publishers, 1944.

_____, org. *A Treasury of New England Folklore*. Nova York: Crown Publishers, 1965.

_____, org. *A Treasury of Southern Folklore*. Nova York: Crown Publishers, 1949.

Briggs, Katherine M. *A Dictionary of British Folk-Tales*. 4 vols. Bloomington, Ind.: Indiana University Press, 1967.

Brunvand, Jan H. *The Study of American Folklore*. 2ª ed. Nova York: W. W. Norton & Co., 1978.

_____. *Urban American Legends*. Nova York: W. W. Norton & Co., 1980.

Burrison, John A. *"The Golden Arm": The Folk Tale and Its Literary Use by Mark Twain and Joel C. Harris*. Atlanta: Georgia State College School of Arts and Sciences Research Paper, 1968.

*Cerf, Bennett. *Famous Ghost Stories*. Nova York: Random House, 1944.

Chambers, Robert. *Popular Rhymes of Scotland*. Londres, Edimburgo: W. & R. Chambers, 1870. Reimpressão, Detroit: Singing Tree Press, 1969.

Chase, Richard, org. *American Folk Tales and Songs*. Nova York: New American Library of World Literature, 1956. Reimpressão, Nova York: Dover Publications, 1971.

*_____, org. *Grandfather Tales*. Boston: Houghton Mifflin Co., 1948.

Cox, John H. *Folk-Songs of the South*. Cambridge, Mass.: Harvard University Press, 1925.

Creighton, Helen. *Bluenose Ghosts*. Toronto: Ryerson Press, 1957.

Dégh, Linda. "The 'Belief Legend' in Modern Society: Form, Function, and Relationship to Other Genres". In Wayland D. Hand, org., *American Folk Legend, A Symposium*. Berkeley, Cal.: University of California Press, 1971.

DORSON, Richard M. *American Folklore*. Chicago: University of Chicago Press, 1959.

FLANDERS, Helen H., e George Brown. *Vermont Folk-Songs & Ballads*. Brattleboro. Vt.: Stephen Daye Press, 1932.

FOWKE, Edith. *Folklore of Canada*. Toronto: McClelland and Stewart, 1976.

GAINER, Robert W. *Folklore of the Southern Appalachians*. Grantsville, W. Va.: Seneca Books, 1975.

GARDNER, Emelyn E. *Folklore from the Schoharie Hills, New York*. Ann Arbor, Mich.: University of Michigan Press, 1937.

HALLIWELL-PHILLIPS, James O. *The Nursery Rhymes of England*. Londres: Warne & Company, 1842.

HARRIS, Joel Chandler. *Nights with Uncle Remus: Myths and Legends of the Old Plantation*. Boston: Houghton Mifflin Co., 1882.

HOLE, Christina. *Haunted England: A Survey of English Ghost-Lore*. Londres: B. T. Batsford, 1950.

*JAMES, M. R. *The Collected Ghost Stories of M. R. James*. Londres: Edward Arnold & Co., 1931.

JOHNSON, Clifton. *What They Say in New England and Other American Folklore*. Boston: Lee and Shepherd, 1896. Reimpressão, Carl A. Withers, org. Nova York: Columbia University Press, 1963.

JONES, Louis C. *Things That Go Bump in the Night*. Nova York: Hill and Wang, 1959.

KNAPP, Mary e Herbert. *One Potato, Two Potato: The Secret Education of American Children*. Nova York: W. W. Norton & Co., 1976.

*LEACH, Maria. *Rainbow Book of American Folk Tales and Legends*. Cleveland e Nova York: World Publishing Co., 1958.

_____, org. "Revenant". *Standard Dictionary of Folklore, Mythology and Legend*. Nova York: Funk & Wagnalls Publishing Co., 1972.

*_____. *The Thing at the Foot of the Bed and Other Scary Stories*. Cleveland e Nova York: World Publishing Co., 1959.

*_____. *Whistle in the Graveyard*. Nova York: The Viking Press, 1974.

MONTELL, William M. *Ghosts Along the Cumberland: Deathlore in the Kentucky Foothills*. Knoxville, Tenn.: University of Tennessee Press, 1975.

MUSICK, Ruth Ann. *The Telltale Lilac Bush and Other West Virginia Ghost Tales*. Lexington, Ky.: University of Kentucky Press, 1965.

OPIE, Iona e Peter. *The Lore and Language of Schoolchildren*. Londres: Oxford University Press, 1959.

_____. *The Oxford Dictionary of Nursery Rhymes*. Oxford, Inglaterra: Clarendon Press, 1951.

PUCKETT, Newbell N. *Folk Beliefs of the Southern Negro*. Chapel Hill, NC: University of North Carolina Press, 1926.

RANDOLPH, Vance. *Ozark Folksongs*. Columbia, Mo.: State Historical Society of Missouri, 1949.

_____. *Ozark Superstitions*. Nova York: Columbia University Press, 1947. Reimpressão, *Ozark Magic and Folklore*. Nova York: Dover Publications, 1964.

_____. *Sticks in the Knapsack and Other Ozark Folk Tales*. Nova York: Columbia University Press, 1958.

_____. *The Talking Turtle and Other Ozark Folk Tales*. Nova York: Columbia University Press, 1957.

ROBERTS, Leonard. *Old Greasybeard: Tales from the Cumberland Gap*. Detroit: Folklore Associates, 1969. Reimpressão, Pikeville, Ky.: Pikeville College Press, 1980.

_____. *South from Hell-fer-Sartin: Kentucky Mountain Folk Tales*. Lexington, Ky.: University of Kentucky Press, 1955. Reimpressão, Pikeville, Ky.: Pikeville College Press, 1964.

_____. *Up Cutshin and Down Greasy: The Couches' Tales and Songs*. Lexington, Ky.: University of Kentucky Press, 1959. Reimpresso como *Sang Branch Settlers: Folksongs and Tales of an Eastern Kentucky Family*, Pikeville, Ky.: Pikeville College Press, 1980.

SANDBURG, Carl. *The American Songbag*. Nova York: Harcourt, Brace & Co., 1927.

SHAKESPEARE, William. *The Works of William Shakespeare*. Nova York: Oxford University Press, 1938.

WHITE, Newman I. *American Negro Folk-Songs*. Cambridge, Mass.: Harvard University Press, 1928.

Artigos

BACON, A. M., e PARSONS, E. C. "Folk-Lore from from Elizabeth City County, Va.". *JAF 35* (1922), p. 250-327.

BARNES, Daniel R. "Some Functional Horror Stories on the Kansas University Campus". *SFQ 30* (1966), p. 305-312.

BEARDSLEY, Richard K., e HANKEY, Rosalie. "The Vanishing Hitchhiker". *CFQ 1* (1942), p. 303-336.

_____. "The History of the Vanishing Hitchhiker". *CFQ 2* (1943): p. 3-25.

BOGGS, Ralph Steele. "North Carolina White Folktales and Riddles". *JAF 47* (1934), p. 289-328.

BROWN, Jennifer. "The Cure and Feeding of Windigo: A Critique". *American Anthropologist 73* (1971), p. 20-21.

CORD, Xenia E. "Further notes on 'The Assailant in the Back Seat'". *IF 2* (1969), p. 50-54.

COX, John H. "Negro Tales from West Virginia". *JAF 47* (1934), p. 341-357.

CROWE, Hume. "The Wendigo and the Bear Who Walks". *NMFR 11* (1963-1964), p. 22-23.

DÉGH, Linda. "The Hook and the Boy Friend's Death". *IF* 1 (1968), p. 92-106.

DORSON, Richard. "The Folklore of Colleges". *The American Mercury* 68 (1949), p. 671-677.

_____. "The Runaway Grandmother". *IF* 1 (1968), p. 68-69.

_____. "The Roommate's Death and Related Dormitory Stories in Formation". *IF* 2 (1969), p. 55-74.

DOYLE, Charles Clay. "'As the Hearse Goes By': The Modern Child's *Memento Mori*". PTFS 40 (1976), p. 175-190.

DRAKE, Carlos. "The Killer in the Back Seat". *IF* 1 (1968), p. 107-109.

FAUSET, Arthur Huff. "Tales and Riddles Collected in Philadelphia". *JAF* 41 (1928), p. 529-557.

HALPERT, Herbert. "The Rash Dog and the Bloody Head". *HFB* 1 (1942), p. 9-11.

HIMELICK, Raymond. "Classical Versions of 'The Poisoned Garment'". *HF* 5 (1946), p. 83-84.

IVES, Edward D. "The Haunted House and the Headless Ghost". *NEF* 4 (1962), p. 61-67.

JONES, Louis C. "Hitchhiking Ghosts of New York". *CFQ* 4 (1945), p. 284-292.

KENNEDY, Ruth. "The Silver Toe". PTFS 6 (1927), p. 41-42.

NUTTALL, Zelia. "A Note on Ancient Mexican Folk-Lore". *JAF* 8 (1895), p. 117-129.

PAROCHETTI, JoAnn Stephens. "Scary Stories from Purdue". *KFQ* 10 (1965), p. 49-57.

PARSONS, Elsie Crews. "Tales from Guilford County, North Carolina". *JAF* 30 (1917), p. 168-208.

RANDOLPH, Vance. "Folk Tales from Arkansas". *JAF* 65 (1952), p. 159-166.

REAVER, J. Russell. "'Embalmed Alive': A Developing Urban Ghost Tale". *NYFQ* 8 (1952), p. 217-220.

Speck, Frank G. "Penobscot Tales and Religious Beliefs". *JAF* 48 (1935), p. 1-107.

Stewart, Susan. "The Epistemology of the Scary Story". Artigo acadêmico em elaboração, 1980.

Stimson, Anna K. "Cries of Defiance and Derision, and Rhythmic Chants of West Side New York City (1893-1903)". *JAF* 58 (1945), p. 124-129.

Theroux, Paul. "Christmas Ghosts". *The New York Times Book Review* (23 de dezembro de 1979), p. 1, p. 15.

Thigpen, Kenneth A., Jr. "Adolescent Legends in Brown County: A Survey". *IF* 4 (1971), p. 183-207.

Vlach, John M. "One Black Eye and Other Horrors: A Case for the Humorous Anti-Legend". *IF* 4 (1971), p. 95-124.

AGRADECIMENTOS

As pessoas a seguir me ajudaram a escrever este livro:

Kendall Brewer, Frederick Seibert Brewer III e Shawn Barry, que se sentaram no meio de um celeiro comigo no Maine e me contaram histórias assustadoras.

Os escoteiros do Acampamento Roosevelt, em East Eddington, no Maine, que me contaram suas histórias arrepiantes.

Diversos especialistas em folclore que compartilharam comigo seus conhecimentos e recursos acadêmicos, em especial Kenneth Goldstein, da Universidade da Pensilvânia, Edward D. Ives, da Universidade do Maine, e Susan Stewart, da Temple University.

Outros estudiosos cujos artigos e acervos foram importantes fontes de informação.

Bibliotecários da Universidade do Maine (Orono), da Universidade da Pensilvânia, da Universidade de Princeton e os acervos de folclore listados na página 103.

Minha esposa, Barbara, que fez a notação musical nos capítulos 1 e 3, pesquisou referências bibliográficas e contribuiu de muitas outras maneiras.

Eu agradeço a cada um deles.

– A.S.

Este livro foi composto nas tipografias ClassGarmnd BT
e P22Garamouche, e impresso em papel
Lux Cream 80g/m² na gráfica Stamppa.